ことのは文庫

神宮道西入ル

謎解き京都のエフェメラル

冬夜に冴ゆる心星

泉坂光輝

MICRO MAGAZINE

エフェメラル＝儚いもの

目次

地図作成：さかちさと

京都マップ

『謎解き京都のエフェメラル』の舞台

神宮道西入ル

謎解き京都のエフェメラル

冬夜に冴ゆる心星

主要登場人物

高《たか》槻《つき》 ナラ……法学部の現役女子大生&助手

春《はる》瀬《せ》 壱弥《いちや》……ぐうたら探偵

大和路《やまとじ》 主計《かずえ》……五条坂にある呉服屋の息子

高槻《たかつき》 匡一朗《きょういちろう》……ナラの祖父で弁護士

『聖夜と心のレシピノート』

高槻《たかつき》 祥乃《さちの》……ナラの母。元パラリーガルで今は専業主婦
芳村《よしむら》 そよ子《こ》……祥乃の友人。依頼者
芳村《よしむら》 里菜《りな》……そよ子の娘
芳村《よしむら》 怜司《れいじ》……そよ子の夫。パティシエ
梓川《あずさがわ》 麻琴《まこと》……壱弥の友人
椹木《さわらぎ》 篤志《あつし》……壱弥の元上司。脳神経外科准教授

『雪中の恋』

大和路《やまとじ》 都子《みやこ》……主計の母。呉服屋の女将
紗和《さわ》・フェルカー……主計の姉。オーストリア在住
ベルンハルト・フェルカー……紗和の夫。依頼者
鳴海《なるみ》 晴太《せいた》……ナラの友人。文学部

今泉《いまいずみ》 直優《なおひろ》……日本美術史専門の教授
池田《いけだ》 雪世《ゆきよ》……着物の図案家
池田《いけだ》 理雪《ただゆき》……雪世の弟
池田《いけだ》 景雪《けいせつ》……明治から昭和初期に活躍した絵師

『梅花と香る北極星』

雨森《あめのもり》 芙美《ふみ》……春瀬兄弟の伯母
雨森《あめのもり》 勇吾《ゆうご》……春瀬兄弟の伯父
樋口《ひぐち》 咲子《さきこ》……依頼者
春日井《かすがい》 綺子《あやこ》……咲子の友人
永谷《ながたに》 きみ……綺子の世話役
深山《みやま》 竜《りゅう》……弁護士
町田《まちだ》 幸大《こうだい》……壱弥の先輩医師

聖夜と心のレシピノート

色づく木の葉もその身を散らし、足元に乾いた落ち葉が広がる十二月の中旬。すっかりと冬を迎えた京都の街は、あらゆるところに電飾を装い、間もなく訪れるクリスマスの色に染まっていた。

京都の冬には底冷えがある。

それは三方が山に囲まれた特有の地形によるもので、冷えた空気が逃げにくく、盆地の底に溜まることによって、足元から冷えるような寒さを感じさせるというものだ。そんな冬の底冷えの厳しさは、夏の蒸し暑さとともに京都の風物詩のひとつとしても世に広く知られ、京都を訪ねたことがあるならば、一度くらいは耳にしたことがあるのではないだろうか。

はるか昔、平安の京都《みやこ》で綴られた『枕草子』では「冬はいみじう寒き、夏は世にしらず暑き」とさえ書かれている。

冬は非常に寒いのがよい、夏は今までにないくらい暑いのがよい。

その言葉は、過酷な気候を知る京都人にとっては耳を疑うものではあるが、季節らしさを感じる瞬間こそ趣があって、心を震わせるものだということは理解ができる。きっと、四季を重んじる日本人だからこそ、そういった気候の変化にも風情を見出すことができるのだろう。

しかし、冬の突き刺さるような寒さには、なかなか慣れそうにはない。

窓から見える空には澄んだ青色が広がっているが、その晴れ空に反して空風がしきりに吹き抜け、庭の木々は寒さに耐えるようにその身を揺らしている。

窓を叩く騒がしい風の音から意識を逸らし、ダイニングテーブルに視線を戻すと、いつの間にか二人分の昼食が綺麗に並べられていた。

「二人とも、温かいお茶でいい？」

「はい、お茶で大丈夫です」

軽やかな母の声に、壱弥《いちや》さんは柔らかい口調で返事をする。

「美味しそうですね」

「ありがとう。せっかくやし、クリスマスバージョンのオムライスにしてみてん」

母はにっこりとほほえんでから、お茶を注いだ湯呑を私たちの前に置いた。

本日の昼食メニューは、チキンライスを玉子で包んだオムライスに、とろとろに煮込まれたオニオンスープである。

クリスマスを意識したというオムライスは、ケチャップではなくホワイトソースがかけられたもので、その上には星形にくり抜かれた人参やパプリカが彩りよく飾られている。同時に、オニオンスープからふわりと漂うコンソメの香りが食欲をそそり、私は両手を合わせてからスプーンを取った。

どうして壱弥さんと一緒に昼食を摂っているのかというと、この少し後、午後二時には母の友人がここを訪ねてきて、相談事を受ける予定になっているからである。本来ならば探偵事務所を訪ねてもらうのが筋ではあるが、「うちでお昼ご飯を食べてから話を聞くのはどうか」という母の提案によって、探偵事務所ではなく自宅で相談を受けることになったという経緯だ。

私は隣に座る壱弥さんへと目を向ける。そこには、背筋を伸ばした綺麗な姿勢でオムライスを口に運ぶ姿があった。

いつもと同じ場所で食事をしているだけなのに、彼が隣にいると、なんとなく落ち着かない気持ちになってしまうのだから不思議で仕方ない。

母は嬉しそうに壱弥さんに声をかける。

「なぁなぁ壱弥くん、聞いて。この前、水族館に行ってきたんやけどね」

「水族館ですか。いいですね」

「うん、それでね、入ってすぐのところにおっきいオオサンショウウオがおって、それがすごい可愛くてさぁ。ほら見て、これ！」

じゃーん、と母はシェルフの上に飾っていたオオサンショウウオのぬいぐるみを壱弥さんに見せた。掌《てのひら》よりもひとまわりほど大きい、丸いフォルムのぬいぐるみである。

いい年齢の成人男性にそんなものを見せてどうするのだろうかとも思ったが、壱弥さんの反応は思いのほか明るい。

「可愛いですね」

　ふっとほほえむ壱弥さんに、母は満足げに続けていく。

「そうやろ〜。ミュージアムショップにいっぱい並んでるんが可愛くて、ついつい連れて帰ってきてしもてん。京都の水族館、壱弥くんも行ったことある？」

「そうですね。何年か前に、姪と一緒にならたことありますよ」

「そっかぁ、壱弥くんって面倒見もええもんな。貴壱《きいち》くんも助かってるって言うてた覚えあるし」

　以前にも、月に数回程度の頻度で兄の子供を預かっていると話していた覚えがあった。

　貴壱さんの妻である梨依子《りえこ》さんもまた循環器内科のお医者さんであり、非常勤医師として病院に勤めていると聞いている。ゆえに、どうしても都合がつかない日だけは、壱弥さんが代わりに子供たちの面倒を見ているということなのだろう。

「いっつもナラの面倒も見てくれてありがとうね」

「いえ」

　そう、壱弥さんは遠慮がちに首を横にふった。

　どちらかと言うと、日頃から面倒を見ているのはこちらであるような気もするが、母がいる手前、迂闊なことは言えない。私は彼に視線を滑らせる。

　大学の課題や試験勉強に関しても、今では専門的なものがほとんどであり、気軽に彼を頼って勉強をみてもらうこともできない。それでも、息抜きのためにどこかに連れ出してくれることもあって、いつだったか「祖父の代わりに」と交わした約束を律儀に守ってくれているのもまた事実だ。それを思うと、面倒を見てもらっているというのも、それほど的外れではないのかもしれない。

そんなことを考えていると、スプーンを置いてから壱弥さんが私に声をかけた。

「そういえば、弁護士目指すんやったら、いずれはローに行くんやろ。これからどうするとか、具体的には決めてるん？」

その質問に、私はどのように答えるべきかと頭を悩ませた。

彼の言うローとは、いわゆるロースクールと呼ばれる法科大学院のことで、弁護士を目指す学生にとっては最も一般的な進路となる場所である。

「そうですね……ローに行くつもりですけど、一回生の時から予備試験の勉強も続けてるんで、来年に受験しようとは考えてます。受験するだけでも練習になるし、自分の立ち位置を見定めることもできるから、ええ機会かなって」

「なるほど。ほな、今年の入試は受けへんかったんや」

「入試って……もしかして飛び入学のことですか？」

壱弥さんはこくりと頷いた。

私が通う大学の法学部には、大学四年を経由せずに法科大学院に進学できる「法学部三年次生出願枠」がある。いわゆる「三年次飛び入学」というもので、通常より一年早く大学を卒業できることからも、早急に法曹界に入りたい学生にとっては有り難い制度でもある。

しかしながら、その道のりはなかなかに険しい。

通常、四年間の法学部を経由し法科大学院に進む「法学既修者コース」で選抜された場合は、法律の基礎にあたるいくつかの科目が自動的に免除されることになる。しかし、飛び入学の場合は事前に「基礎科目履修免除試験」というものを受け、基準を満たさなかった科目については入学後に履修し、単位を取得しなければならない。

つまり成績が悪ければ悪いほど、法科大学院進学後に履修し、単位を取得すべき科目が通常よりも増えてしまうということだ。

そのため、実際に飛び入学をするかどうかに関しては、基礎科目履修免除試験の結果で決めるという人も多いらしい。中には、ひとつでも試験を落とした場合は飛び入学を辞退するという高い志を持つ学生もいるそうで、それを知った時は、つくづく克己心《こっきしん》という言葉が似合う世界だと、妙に感心してしまったことを覚えている。

また、司法試験を語る上で重要なもののひとつに、「司法試験予備試験」というものがあるのだが、通称の「予備試験」であれば聞いたことがある人もいるのではないだろうか。

これは、法科大学院に進まずとも司法試験の受験資格を得ることができる、唯一の手段である。受験に際する条件や回数には一切の制限がないものの、司法試験よりも出題範囲が広く、最難関の国家試験だと言われるくらい難易度が高いらしい。

何故そのような試験があるのかというと、簡単に言ってしまえば、法科大学院を卒業するためには膨大なお金と時間がかかるからである。つまりは、そういった事情で進学を諦めざるを得ない人への救済措置とも言えるだろう。

「飛び入学の試験なら、先月に受けてますよ」

「え、そうなん」

壱弥さんは驚いた顔をした。

「はい。でも、自信はあんまりないですし、合格してたとしても今の成績やと履修免除試験で落ちそうなんで、後々厳しくなるから飛び級せんつもりではいます」

「お父さんも、普通に四年で学士取ってから大学院に進学したらええんちゃうかって言ってるからね」

私は母の補足に苦笑を零した。

実際にどちらが良いという明確な答えがあるわけでもなく、そこは個人の考え方や環境に依存するところが大きい。それでもあえて比較するのであれば、試験対策を講じてくれるような上位の大学院、もしくは予備試験一本ルートが最良だろうとは思う。

「書類選考に通ったから受けたってくらいやし、合格してる自信はあんまりないから」

私たちの会話を耳に、壱弥さんは神妙な顔を見せた。

「……なるほど。先月あんまりうちにきいひんかったん、試験控えてたからやってんな。色々と悪かったな」

「いえ、今回の試験で進路が左右されるわけでもないですし、大丈夫ですよ」

「そうか。ひとまずは試験勉強お疲れさん。法学部の事情はよう分からへんけど、応援してるから」

ありがとうございます、と告げたその瞬間、目の前に座る母の顔がにやけていることに気付く。すべての会話が筒抜けで、彼とのやり取りの一部始終をしっかりと見られていたことに、私は気恥ずかしさを抱いた。その感情を誤魔化すために、視界の端で湯気を漂わせる湯呑へと手を伸ばす。

しかし想像よりもずっと熱くて、即座に手を引っ込めた私に、母は小さく笑った。

昼食を終えた私たちは、居間にあるソファーへと移動し、お昼の旅番組を眺めながらのんびりと気ままに過ごしていた。食器の片付けをするために一度は席を立ったものの、何もしなくてもいいからと母に押し切られ、手持無沙汰なまま流れるテレビの音声に耳を傾けている。

変わらず隣には壱弥さんが座っているが、彼は手元のタブレットで書類の確認をするばかりで、顔を上げる気配はない。これから訪ねてくる相談者のために、着々と準備を進めているのだろう。

彼は失くしたものを捜す探偵として、神宮道《じんぐうみち》のそばで探偵事務所を開いている。

その事務所の前身は、弁護士だった私の祖父が構えていた法律事務所であり、祖父が亡くなった今は、祖父の志を継いだ壱弥さんが住んでいる。

ただ、彼の私生活はぐうたら極まりないもので、昼間から惰眠を貪り、空腹をコーヒーで誤魔化すというひどい有様だ。それどころか家事もほとんどできないせいで、放っておけば部屋がどんどんと散らかっていくため、私が定期的に訪問し、片付けをしているという状況である。

そんな生活能力の無い人ではあるが、探偵業においては依頼成功率ほぼ百パーセントを誇る実力者であり、依頼者の心に寄り添いながらも、本当に失くしたものを見つけてくれる優しい探偵である。その評判を知ってか、最近は人伝てに来る依頼も多い。例に違わず、本日の依頼も母の紹介によるものであった。

私は彼を静かに見上げる。

変わらず手元の画面を見る目は琥珀のような綺麗な色をしていて、目鼻立ちのはっきりとした横顔には、少し長めの前髪がかかっている。うっすらと茶色に見えるごく自然な黒髪ではあるが、その髪色は生まれ持ったものではないらしい。

元の淡い髪色や少し変わった瞳の色は、彼のルーツに関係しているのだろうか。艶やかな瞳を眺めていると、その目が滑らかに動き、私を捉えた。

「なんか用か」

唐突に尋ねられ、私は驚くと同時にぱっと目を背けた。まじまじと見つめていたことが、ばれてしまったのかもしれない。もう一度、今度は恐る恐る彼の表情を窺《うかが》ってみると、ちょうど手にしていたタブレットをテーブルに置いたところだった。

「……いえ、なんでもないです」

「あ、そう」

いつもと同じ素っ気のない返事に、私はほっと胸を撫でおろす。そして約束の午後二時を迎えたのか、訪問を知らせる音が高らかに鳴った。

「ナラ、代わりに出てくれる？」

「うん、分かった」

返事をしながら、私は静かに立ち上がる。そして、玄関から庭の飛び石を越えて外に出ると、門扉の先にある石段の下に小柄な女性の姿が見えた。

少し赤みのある茶色の髪を肩口で切りそろえたその女性は、母の最も親しい友人で、本日の相談者でもある芳村《よしむら》そよ子さんである。

過去にも何度かお会いしたことはあるが、覚えているのは優しい雰囲気のある人だったということだけで、詳しいことははっきりと記憶していない。ただ、私がまだ幼い頃から母とは親しい友人関係にあったようで、歳を重ねた今でも、二人だけで色んな場所に出かけているらしい。

白いダウンコートを着た彼女の両手には、それぞれ洒落た紙袋と重量感のあるトートバッグが握られている。会釈をする私の姿を見つけるなり、彼女は柔らかくほほえみながら右手を大きく振った。

「ナラちゃん、こんにちは」

直後、手を滑らせたのか、そよ子さんは提げていたはずのトートバッグを勢いよく地面に落とした。その弾みによって、中から多量の書類や冊子がばさばさと音を立てて溢れ出る。私は思わず声を上げた。

同時に、吹き抜ける風に攫われてしまわないように、その場にしゃがみ込んで書類を手で押さえつける。寸前のところで飛ばされてしまうのをなんとか防ぎ、私たちはそれぞれに安堵の息をついた。

「……ぎりぎりセーフですね」

「ああもう、どんくさくてごめんなぁ。ありがとうね、ナラちゃん」

「いいえ、飛ばされへんくてよかったです」

地面に転がるトートバッグを拾い上げると、そよ子さんもまた膝を折り、散らばる書類へと手を伸ばす。その瞬間、頭上から影が差して、私たちは同時に顔を上げた。

「僕が拾いますので」

唐突に、ふわりと視界の端から現れた壱弥さんが、そよ子さんの動作を右手で遮った。そして、次には手際良く書類を拾い集めていく。その思いがけない出来事に、そよ子さんはきょとんとして壱弥さんを見上げているようだった。やがてはっと我に返ったのか、彼女は勢いよく立ち上がる。

「いややわ、うっかりときめいてしもたわぁ。さっちゃんからも聞いてたけど、ほんまに男前やしええ子やなぁ」

「恐れ入ります」

「探偵さんやのに、こんな男前やったら目立って大変やろねぇ。もっとこう、探偵さんって一般人に紛れて尾行とかしてはるイメージやったもん。さっちゃんがミステリアスやって言うてたのも分かる気するわぁ」

そよ子さんの言葉に、壱弥さんは苦笑した。

確かに、彼の容貌と長身はどこにいても一際目立つ。過去にも調査中に若い女の子たちから声をかけられていたこともあって、それを思うと、一般人に紛れることができていないというのもあながち間違いではないのかもしれない。尾行調査ともなれば、いつもの洒落たスーツ姿ではなく、カジュアルな私服を纏っているのだが、それが反対に声をかけやすくしているところもあるのだろう。

ミステリアスだというのはよく分からないが、母が『源氏物語』に登場する「夕顔《ゆうがお》」の話を持ち出して、そんなことを言っていた覚えはある。

記憶を想起していると、今度は私に向かってそよ子さんが声をかけた。

「ナラちゃんも久しぶりやね。なんか、会うたびに可愛くなってる気ぃするからびっくりするわぁ」

「いえ、そんな」

面と向かって褒められて、私は小さく手を振ってそれを否定した。次第に顔が熱くなっていくのが分かる。

「もう、褒め言葉は素直に受け取ってくれたらええのに」

「そんな、滅相もないです……」

「そういうところも可愛いんやけどね」

続けて褒められて、私は助けを求めるべく壱弥さんへと視線を送った。しかし、彼は興味がないと言わんばかりに、狼狽える私を残してそそくさと踵を返していく。トートバッグを手にしたまま立ち去る彼を見送ったあと、私たちもまたその背中を追いかけて自宅へと入った。

玄関先でコートを預かってから居間に戻ると、ちょうど母が揃いの湯呑を机に並べているところだった。

「そよちゃん、いらっしゃい。この前はありがとうね」

「いいえ、こちらこそいつも誘ってくれてありがとう。水族館楽しかったし、また行きたいわぁ」

「そうやね。次は海遊館も行ってみたいし」

ようやく対面した二人は、さして珍しくはない友人同士の会話を交わしている。

聞くところによると、そよ子さんは昨年の冬に最愛の夫を病気で亡くしているようで、長らく塞ぎ込んでしまっていたそうだ。そんな彼女を案じた母が、少しでも気分が晴れるようにと繰り返し外に連れ出していたらしい。それは祖父が壱弥さんに寄り添った時のように、彼女の心を支え、暗闇を彷徨う日々に光を与えてくれるものだったのだろう。

今ではそよ子さんの表情にも笑顔が戻り、自ら進んで外に足を向けることもできるようになっているそうだ。

そよ子さんは手に抱えていた紙袋を母へと渡す。

「これ、よかったらみんなで食べて。娘が作った試作品ばっかりやけど、お店で販売できるくらい美味しいと思うから」

「ほんま？　ありがとう」

そう、可愛らしい水色の箱を覗き込みながら、母は嬉しそうに笑みを零した。どうやら中にはケーキが入っているらしい。

確か、亡くなった彼女の夫がケーキ屋を経営していたという話であり、昔から誕生日などの祝いごとがあるたびに、母がそのお店でケーキを注文していたことを記憶している。何年か前に母に連れられてお店を訪問した際、彼女の夫と思われる男性を見かけたことがあった。

つまり、彼女の娘もまたパティシエールをしているということなのだろう。

母に促されながら、そよ子さんは居間のソファーへとふわりと腰を下ろす。そして母以外の全員が席に着いたところで、簡単な挨拶とともに壱弥さんが名刺を差し出した。

こちらの様子を窺いながらも、そよ子さんはゆっくりと口を開く。

「……夫が去年の冬に病気で亡くなったことは、さっちゃんからも聞いてるとは思うんやけどね」

その言葉だけで、彼女の表情は霧が立ちこめるように静かに曇っていく。

話は想像よりもずっと複雑な事情を含むものであった。

彼女の夫・芳村怜司《れいじ》は膵臓の悪性腫瘍を患い、約一年間にもわたる闘病の末、昨年の冬に他界している。年齢はまだ五十歳を過ぎたばかりで、ようやく一人娘が社会人になって親の手を離れ、これから夫婦二人で楽しく過ごすと思っていた矢先のことだった。

最愛の夫を亡くした悲しみの最中で、そよ子さんは夫がいなければ営業は続けられないと、一度はケーキ屋を閉めることも考えていたそうだ。しかし、夫が大切に守ってきた店を簡単に手放すべきではない。そう、従業員たちに説得されたことによって、事業は配偶者であるそよ子さんが相続し、色んな人の手を借りながらもなんとか営業を続けていたという。

製菓衛生師ではないそよ子さんもまた、店舗での販売の手伝いをしたり、厨房の片付けをしたり、邪魔にならない程度に協力を続けてきたはずだった。

しかし、長らく店長代理として勤めていた女性・新葉《しんば》かおりが、繁忙期を目前にして過労で倒れてしまったことにより、現在は臨時休業という形をとっているらしい。同時に彼女が退職を希望しており、このままでは営業を続けることは困難となるため、今年いっぱいを目途に閉店と廃業を検討している。そんな背景だった。

「夫の闘病期間を含めると、二年くらい人手不足のまま営業してたことにもなるし、かおりさんにはほんまに申し訳ないと思ってるねん。そやから、彼女を引き留めることはできひん。……ただ、夫が大事にしてたお店やから、せめて最後くらいは悔いなく終えるようにしたいと思うでしょう」

一日限りでもいい。クリスマスまでになんとか営業を再開し、夫と過ごした思い出をなぞりながら大切なケーキ屋に終止符を打ちたい。

そよ子さんは小さな声で続けていく。

「そやからね、最後の日に思い出のケーキを並べたいって思ってるねん。夫が初めて私のために作ってくれたチョコレートケーキなんやけど、シンプルで美味しいのに、お店に並べたことは一度もなくてね。何かひとつでも今までと違うケーキがあったら、お店の常連さんにも満足してもらえるかなとも思って」

それはともに過ごしてきた夫との思い出を、お店を大切に守ってきた彼の想いを、どうにかして記憶に留めておきたいという気持ちの表れでもあるのだろう。

「お店のレシピやったら、夫のレシピ帖に纏めて残ってるんやけど、その思い出のケーキみたいに個人的にしか作ってへんかったやつは、そこにはないみたいやねん。でも夫は、娘に『レシピは全て残すから』って話してたらしくて」

それがどこまでの範囲を指しているのかははっきりとは分からない。

しかし、怜司さんが亡くなってから間もない頃に、娘さんが一度その思い出のケーキを作ってくれたことがあったそうだ。

それはしっとりとした食感が特徴的なレモンピール入りのチョコレートケーキで、一口食べただけで、それが夫の残したレシピであると確信できるほどだったという。

しかし、娘さんに話を聞いたところ、怜司さんが残したというレシピはこの一年の間でどこかに紛失してしまったらしい。

ゆえに、その失くしたレシピを捜してほしい。それが今回の依頼内容である。

「なんで、そんな大事なものを失くしてしもたんかは分からへんのやけど。遺品整理も店舗の片付けも何度かやってるし、その時に誤って捨ててしもた可能性もあるんかなって思ってて ね……」

だとすれば、どう頑張ってもそれを見つけ出すことはできないだろう。

そよ子さんは縋るように顔を上げる。

「……でも、夫が残してくれた大事なものやのに、そう簡単には諦められへんくて」

そうやって思案に暮れるだけではどうにもならず、悩む心を母に打ち明けたところ、探偵である壱弥さんの存在を聞かされ、今回の相談に至ったという経緯であった。

真剣な顔で耳を傾ける壱弥さんを前に、そよ子さんは声の調子を僅かに落とす。

「無理難題やとは思ってるし、こんなこと探偵さんに頼むのもどうかしてるとは自分でも思うんやけど」

しかし、行動に移さないまま諦めてしまうのでは、自分の心を納得させることもできないのだろう。

壱弥さんが尋ねる。

「ちなみに、そのレシピはどんな形式で残されてたんでしょうか」

「形式っていうと……?」

意味がよく分からないというように、そよ子さんは首をかたむけた。

「データで保存されてた可能性もありますし、必ずしも紙媒体で残っているというわけではありませんからね」

「なるほど、そういうことやね。それならたぶん、普通のノートやと思うよ。夫に頼まれて私が買ったもんやし、娘が渡してくれたはずやから」

「たぶん、ということはそよ子さんも実物を見たことがないと？」

壱弥さんの質問に、そよ子さんは無言のまま首肯した。

「でも、実物を見たことはなくても、それがどんなノートやったかくらいは覚えてるよ」

そう言ってそよ子さんはノートのメーカーや色、サイズなどの特徴を告げる。私はすぐに手元のスマートフォンで該当のものを調べ、呼び出した商品ページを彼女へと見せた。

少しくすんだ水色の表紙で、クラシカルな印象のある小ぶりのノートだった。

「そう、それやわぁ」

頷くそよ子さんに、壱弥さんは礼を告げてから視線を私に流す。

「ナラ、そのページのリンク、あとでええから俺に送っといて」

「分かりました」

私もまた小さく頷いたあと、商品ページのリンクを壱弥さんへと転送した。そういった小さな情報でさえも、メッセージアプリを経由すれば瞬く間に共有できるのだから便利なものである。

　真面目な面持ちで壱弥さんは続けていく。

「話を聞く限り、依頼として受けることは可能やとは思いますが、もう少し情報が欲しいところですね」

「それやったら、これもよかったら使って。役に立つかは分からへんけど、夫が仕事で使ってたレシピ帖とか、お店の経営に関するものとか、入院してた時の病院の書類とか、そういうのはできるだけ持ってきたはずやから」

　そよ子さんは傍らに置いていたトートバッグから、分厚い冊子やクリアファイル、その他の書類をひとつずつ取り出し、それを壱弥さんへと差し出した。自宅の前で一度ばらまいてしまったものだ。

　ずっしりと重量感のある冊子を両手で受け取り、それを机の上に置いてから、彼は大切なものを扱うかのごとく丁寧にそれを広げていく。

　隣から覗き込んでみると、そこには可愛らしいケーキの絵とともに、細やかなレシピが記されていた。

　絵は水彩絵の具と色鉛筆で塗られたような柔らかい色彩が印象的で、フルーツの瑞々しさや、香ばしい焼き色までもが繊細に表現されている。中には焼きたてを想像させるようにほくほくと湯気が昇る絵もあって、見た目や雰囲気だけでなく、温度までもが伝わってくるものなのかと、私たちはそれぞれに感嘆の声を漏らした。

「えらい上手ですね」

驚いた声を上げる壱弥さんに、そよ子さんは嬉しそうにほほえむ。

「絵を描くのは昔から好きやったみたいやねん。夫が描いた絵はお店のカードにも使ってるし、季節商品を出す時も、値札の横にイラストカードを添えたりもしてたんやで」

「お店のカードにイラストって、想像するだけで可愛いです」

私が告げると、そよ子さんはふたたびにこりと笑った。

百にも近い数のレシピには、ケーキだけではなく、素朴な焼き菓子もあって、シンプルなジャムクッキーでさえも、その甘さとバターの香りが伝わってくるように思う。もはやレシピ帖というよりも、一冊の画集を見ているようで、絵本のページを捲る子供のように浮ついた心を抱えながら、最後までしっかりと楽しんでしまった。

次にばらばらになった書類を一枚ずつ整えながら、壱弥さんはそれを確認していく。

お店の経営に関する書類は綺麗にファイリングされているものの、病院関連の書類については無造作に重ねられたままだ。入院のパンフレットや検査の説明用紙、手術同意書など、様々な種類の紙が雑多に束ねられていて、それを眺めながら、壱弥さんは書類を捲る手を止めた。

手元のパンフレットには、覚えのある病院の名前が記されている。

そこは市内でも有数の救急病院で、かつて壱弥さんが勤めていた場所でもあった。その名前を見て、思わず手を止めてしまったのだろう。

しかし、次には強張った表情をふっと緩めながら、彼は散らばった書類の角を丁寧に整えていく。

「……この、里菜《りな》さんという方が娘さんでしょうか？」

何事もなかったかのように、壱弥さんは同意書にある代諾者の欄に記された名前を指で示しながら、そよ子さんへ問いかけた。

どうしてそんな大切な書類に、配偶者であるそよ子さんではなく娘さんの名前が書かれているのだろう。小さな疑問を抱いていると、そよ子さんはゆっくりと頷いてから躊躇いがちに口を開く。

「恥ずかしい話なんやけど、夫の病気が癌やって分かってから、彼が苦しみながら弱っていく姿を見るんが怖くてな……あんまり面会にも行けてへんかってん。その代わりに、娘が病院に通って荷物届けたりしてくれてて……」

その言葉を聞いて、なるほど、と思った。

今はこうして明るく話すことができているものの、当時はまだ現実を受け止めることができず、病状説明の席に参加するだけでもひどく取り乱し、病から目を背けてばかりいたという。ゆえに、病床に臥《ふ》せる怜司さんがどのように過ごしていたのかは、そよ子さんであっても知らないことが多いらしい。

「つまり、ご主人のことは娘さんに伺う方が確実やってことですね」

「そうやね……病気のことやったら、里菜ちゃんの方が分かってることも多いと思う」

「でしたら、娘さんに話を伺うことは可能ですか？　もちろん、依頼はお受けする方向で進めていきます」

「うん、大丈夫やで。明日やったら家にいると思うし」

ありがとうございます、と壱弥さんは軽く頭を下げた。

そのままの流れで、壱弥さんは事前に準備をしていた契約書について説明していく。そしてようやく一区切りがついたところで、母が出したお茶を飲みながら、そよ子さんが明るい声で告げた。

「そうそう、話してるところ見て思ったんやけどね、二人ってお付き合いしてはるん？」

「えっ」

その言葉を耳にした瞬間、私は驚きのあまり素っ頓狂な声を上げた。

即座に壱弥さんが否定する。

「いえ、俺らはそういう関係ではなくて」

「あれ、そうなん？　お互いに信頼してるみたいやったし、自然体な感じでええ関係やなあって思ったのに」

そよ子さんは残念そうに肩を落とした。

「歳の差も結構あるんで、そういうんは……」

控えめに呟く壱弥さんに、そよ子さんはふたたび笑みを向ける。

「歳の差って言うても、壱弥くんもまだ三十そこそこやろ？　そんなんまだまだ若いし大丈夫やって」

「でもまぁ、ひとまわりくらいは離れてますから」

少し困った様子のまま、壱弥さんは一言ずつ丁寧にそよ子さんに返答する。

恋人ではない。それは紛れもない事実ではあるが、面と向かってはっきりと否定されてしまうと、自分の心までをも拒絶されたような気持ちになってしまう。

なんとなく心に棘が刺さったような小さな痛みを圧し殺しながら、誰にも悟られないように、私は静かに目を伏せた。


「じゃあ、これから出かけてくるから、壱弥くんはゆっくりしていってな」

雑談を終えてからすぐに、母はそよ子さんとともに買い物に出かけると言って、軽やかに立ち上がった。玄関先で淡いグレーのガウンコートを羽織りながら私に告げる。

「そよちゃんから貰ったケーキ、冷蔵庫にそのまま入れてあるから、おやつに二人で食べてね。あと、どっかに出かけるんやったら鍵閉めといてな。お父さんも帰ってくるん遅いらしいし」

「分かった。いってらっしゃい」

私は隣にいるそよ子さんへと目を向けた。

「そよ子さんもお話聞かせてくださってありがとうございました」

「こちらこそありがとう。ナラちゃんはほんまにええ子やなぁ。明日も会えるん楽しみにしてるからね」

そう言ってゆっくりとこちらに近付いてきたかと思うと、そよ子さんは別れを惜しむように私をぎゅっと抱き締める。思いがけず人の温かさに触れて、私もまた彼女の抱擁を受け入れる形で背中に手を添えた。じんわりと温もりが広がっていく中、そよ子さんはそっと私の耳元でささやく。

「応援してるからね」

かろうじて聞き取れる程度の小さな声で呟かれたその言葉に、私はどきりとした。

そして私が言葉を返すよりも先に、そよ子さんはふわりと懐を離れ、母の後ろを軽やかに追いかける。

「あぁ〜若いっていいよなぁ」

「ほんまやねぇ」

満面の笑みを浮かべたまま、弾むように出ていく二人の背中を見送った。

静まり返った途端、そよ子さんの言葉がよみがえってくる。ほとんど初対面にも近い彼女でも簡単に悟ってしまうくらい、私は分かりやすい顔をしていたのだろうか。

まだほんの少しだけ鼓動が速い。

心なしか身体も火照っているような気がする。そっと頬に手を添えて体温を確かめたあと、私はくるりと後ろを振り返った。

その瞬間、部屋から壱弥さんの顔がひょっこりと覗き、反射的に私は悲鳴を上げた。

「……ほんまにびっくりするんで、もうちょっと普通に出てきてください！」

「あー、悪い悪い。なかなか戻ってきいひんし、何してるんかと思ってさ」

後ろ向きに飛び跳ねたのが面白かったのか、壱弥さんは肩を揺らして笑っている。

「そよ子さんと話してただけです！」

「そんな怒らんでも」

「壱弥さんが笑うからやん」

人の気も知らないで、と文句を零すと、何を思ったのか彼は琥珀色の瞳で私を覗き込んだ。その突拍子もない行動に、私は続けようとしていた言葉を喉に詰まらせる。

「……っ！　なんですか……急に……」

見つめられるだけで体温が伝わってしまうのではないかとも思ったが、彼は不思議そうに首を捻るだけで、私の動揺をまるで理解していないようだ。

「おまえ、さっきからずっと顔赤いけど、熱でもあるんか……？」

額に伸ばされる大きな手に、私は一歩あとずさった。

「ないです……！」

慌てて右手を振って否定すると、壱弥さんは怪訝な表情のまま、伸ばした手を静かにひっこめた。

「そうか？　それならええんやけど」

「そんなことより、いただいたケーキ食べませんか！」

「それもそうやな。書類の整理もしたいところやし」

いまだに腑に落ちないといった顔をしていたが、私に急かされると、壱弥さんは気まぐれに欠伸を零しながら居間へと戻った。

冷蔵庫から取り出した水色の箱には、色彩豊かなケーキが並んでいた。

シンプルで可愛い苺のショートケーキや、フルーツたっぷりのロールケーキ、他にもクラシックショコラや抹茶のオペラ、ベイクドチーズケーキなどがある。心を弾ませながらケーキ皿を二枚並べたあと、私は銀色のフォークを壱弥さんへと手渡した。

二人で並ぶようにソファーへと座る。

それぞれに選んだケーキをお皿に載せていると、彼は参考資料として預かった書類の束を鞄から取り出した。

そこには、たくさんの付箋が貼り付けられた分厚いレシピ帖の他に、怜司さんの病気に関わる書類が含まれている。一度ばらばらになってしまったそれを、きっちりと種類ごとに分類しているのだろう。上から順に手に取った書類に目を通しながら、一枚ずつテーブルの上に並べていく。

彼が患っていた病気のことはよく分からないが、かつてお医者さんであった壱弥さんであれば、検査や治療の同意書を見ただけで、どのような病状であったのか推し量ることができるのだろうか。途中で何度か手を止めて考え込む様子を見せながらも、順調に分類を進めていく。そして最後に、病院のパンフレットを端に置いた。

私はそのパンフレットに手を伸ばす。

「ここって、壱弥さんが働いてた病院ですよね」

「あぁ」

「結構大きい病院やったんですね」

「……まぁ、そうやな」

壱弥さんはどこか気まずそうな様子で言葉を濁した。

私は手に取った冊子をぱらぱらと捲っていく。そこには病院のフロアマップや、診療科について、他にも入院に必要な持ち物などが分かりやすく記されている。言わば入院に際するしおりのようなもので、患者や家族に必ず手渡されるものらしい。

私は選んだクラシックショコラをフォークで切り分けてから、さらにページを捲る。その時、隙間から小さな紙きれがふわりと滑り落ちた。

「なんか落ちたで」

足元に落ちた紙を壱弥さんが左手で拾い上げる。それを覗き込みながら、彼は怪訝な顔を見せた。

「なんやこれ……？」

それはノートを破り取ったような紙の切れ端で、そこには不規則な数字が大きく羅列されていた。裏表を確認するようにそれをひっくり返してはみるが、裏側には何も記載されておらず、特別変わったところはない。並べられた数字は六つだけで、一桁、二桁のものがそれぞれに入り交じっている。

壱弥さんでさえ心当たりがないのだとすると、それは病気の治療に関わるものではないということだろう。だとすれば、他に何が考えられるだろうか。

うんと頭を悩ませたところで、私はふと思いついた。

「なんというか、宝くじの数字みたいですね」

「ん、あぁ……数字選ぶやつな」

そう、壱弥さんは温かいお茶を啜ったあと「んなあほな」と鼻で笑った。

「……言うてみただけです」

「ほんまかよ」

嘲る態度にむっとして、私は言葉を返す。

「ほな、壱弥さんはなんやと思うんですか」

「さぁな。明日聞けばええことやろ」

へらりとしてかわされ、私は不満とともに口先を尖らせた。しかし、壱弥さんはにんまりと笑みを浮かべるばかりで、それ以上は何も言わない。なんとなくもやもやとして睨むように視線を向けてはみたものの、私の不満など気にも留めていない様子で、彼は手元のケーキを一口食べた。

彼が選んだのは、ホワイトチョコレートの装飾が施された、上品な抹茶のオペラケーキである。シロップが染み込んだビスキュイ生地に、ショコラガナッシュや抹茶のムースなどが幾重にも重ねられ、美しい層の最上部には金箔で飾られたグラサージュが艶やかに光っている。

まさにクリスマスにも相応しい、豪奢なケーキである。

世間はもう、間もなく訪れるクリスマスの色に染まっていて、大学の友人たちの間でも、クリスマスパーティーをどうするだとか、恋人と過ごすだとか、そんな話題で持ちきりである。クリスマスが過ぎてしまえば、すぐに年末、正月と、次々と行事ごとが嵐のように押し寄せ、忙しなく毎日が過ぎていくことになるのだが。

私もまたケーキを口に運びながら、ゆっくりと問いかける。

「……そういえば、壱弥さんはクリスマスとか年末年始ってどうするんですか？」

「どう、っていうのは？」

「その……貴壱さんたちはご実家に帰らはるやろし、壱弥さんも一緒に行ったりするんかなって思って」

「それはないわ」

そう、壱弥さんはきっぱりと否定した。そして小さく息を吐いてから続けていく。

「クリスマスから年末にかけては、急に捜索の依頼が入ることが多いねん。そやから、今年もあんまりゆっくりしてる暇はないと思う」

なんとなくではあるが、その理由は想像できる。クリスマスから年末年始といった休暇の多い時期に、行方を晦《くら》ませる者が増えるということなのだろう。過去にも京都府警に勤める警部さんと協力をしながら調査を進めていたこともあって、その時と同様に、警察では捜査ができない案件を受けているのかもしれない。

「……そっか、そんなに忙しいんですね。必要やったら、私も手伝いますよ」

「ありがとう。でも、おまえの勉強時間削るのも悪いし、大丈夫やから」

そう言って、彼は静かに口元を和らげた。

「ほな、ご飯とかは大丈夫そうですか……？　貴壱さんが実家に帰ってる間はずっと一人ってことやし、クリスマスはともかく、年末年始は飲食店も閉まってるやろから」

「まぁ、それくらいは問題ないやろ。今までとなんも変わらへんし」

「そうですか……」

口を噤む私を見て、彼は不思議そうな顔をした。

誰かと一緒にクリスマスを過ごす予定はあるのか――そんな簡単なことでさえ、どうして素直に尋ねることができないのだろうか。

意気地のない自分に呆れ、自ずと苦笑が漏れる。同時に、先の不自然な質問を思い返した私は、恥ずかしさを抱くとともに深い溜息をついた。

○

翌日の午後一時。叡山電鉄《えいざんでんてつ》出町《でまち》柳《やなぎ》駅の改札前で待ち合わせをした私たちは、二両編成の車両に乗って岩倉《いわくら》駅を目指していた。

休日ではあるが車内はさほど混雑しておらず、ひと続きの長椅子に腰をかけながらゆったりと電車に揺られていく。車窓から見える景色もほとんどが住宅街で、とりわけて面白味のあるものはない。

春から初夏にかけては、民家の庭木や街路樹でさえも、美しい花や緑に彩られているのだが、落葉の進んだ十二月ともなれば、わびしさのある裸木ばかりが目に留まる。草木も眠る冬なのだ。少し寂しいと思うのも仕方のないことなのだろう。

私は眺めていた車窓の風景から視線を背け、欠伸をする壱弥さんを横目に、緩やかに走る電車の音にそっと耳を傾けた。それから間もなく目的の駅へと到着すると、先に進む乗客の後について静かに電車を降りた。

岩倉駅は、市街地から少し離れた左京区の岩倉盆地と呼ばれる地域にある。盆地の中央を縦に貫くように岩倉川が流れ、東に比叡山《ひえいざん》を望む自然豊かな土地であるとともに、由緒ある寺院や遺跡、また明治時代に活躍した岩倉具視《いわくらともみ》の旧邸宅など、長い歴史を感じる名所が点在していることでも知られている。

滅多に来ることのない場所に足を運んだのだから、どこか帰りに立ち寄ることのできる良い場所はないだろうか。そう考えたところで、私はふと思い出した。

「岩倉って確か、実相院門跡《じっそういんもんぜき》さんがありましたよね」

ちらりと壱弥さんを見上げながら尋ねると、彼もまた私を一瞥した。

実相院門跡とは、岩倉御殿とも呼ばれる格式の高い門跡寺院で、現存する数少ない女院御所である。

「あぁ、確か周辺にも寺院はいっぱいあったはずやけど、今の季節やと花も紅葉も終わってるやろ。他になんか見られるもんってあるか」

言われてみれば、かの有名な「床もみじ」も盛りを終えてしまっている時分であって、他に何を見に行くのだと問われれば、山水庭園と狩野派《かのうは》の襖絵くらいしか思い浮かばない。元より、寺院とはそういうひっそりとしたものなのである。

「……派手なものはないかもしれませんね」

「そやろ。あと言うの忘れてたんやけど、そよ子さんの家は駅よりも南側の国際会館方面やし、実相院とは真逆やからまた今度な」

そう言って左手の踏切は渡らず、壱弥さんは大通りを右折した。手元のスマートフォンに表示された地図によると、彼女の自宅は岩倉駅から徒歩十分もかからない場所にあるらしい。

吹き抜ける冷たい風に耐えながらも、大通りに沿って歩いていく。それからいくつかの角を曲がり住宅地に踏み入ったところで、目的の場所に到着したのか、壱弥さんは足を止めた。

見上げた先には、明るいクリーム色の外壁が可愛らしい洋風の住宅があった。

入り口でインターホンを鳴らすと、鐘のような硬質な音が響く。それから数十秒もしないうちに玄関扉が開き、中からそよ子さんが姿を見せた。

「お二人とも、遠くから来てくれてありがとうね。どうぞ、入って」

「お邪魔します」

それぞれに頭を下げてから、錬鉄の門を潜った。そのまま真っ直ぐに歩いていくと、小さな庭の片隅に、低木の千両があるのが目に留まる。艶のある濃い緑色の葉と、まるまるとした赤い果実は、クリスマスを飾る西洋柊にもよく似ていて、もの寂しい冬の景色に小さな彩りを添えてくれているようであった。

自宅へ入ると、整った部屋の隅に女性の後ろ姿が見える。

「里菜ちゃん、お客さんが来てくれはったから案内してあげて」

そよ子さんが柔らかく告げた直後、女性ははっとして後ろを振り返った。その動作に合わせ、背中に沿う長いミルクティーブラウンの髪がさらりと揺れる。年齢はほとんど私と変わらないくらいだろうか。ぱっちりと上向きに整えられた睫毛と、髪色に合わせた明るいブラウンのカラーコンタクトの瞳が印象的で、私の周囲にはいない少し派手な容姿の女性だった。

「この子がさっちゃんの娘のナラちゃん。そんで、こっちのお兄さんが壱弥くんやで」

「……どうも。芳村里菜です」

簡単な紹介を受けて、私たちは互いに会釈を交わす。

「ほな、すぐにお茶淹れてくるから座って待っててな」

部屋を出るそよ子さんに頭を下げたあと、私はふたたび里菜さんに目を向けた。

同時に、彼女が呆気にとられた様子でこちらを見ていることに気付く。その視線は隣に立つ壱弥さんへと真っ直ぐに注がれていて、その表情を見ているだけで、彼の端整な顔立ちに目を奪われているということはすぐに分かった。

壱弥さんは眉を寄せながら彼女に尋ねかける。

「なんか、気になることでも……？」

その瞬間、弾かれるように彼女は顔を背けた。そして見つめてしまっていたことを自覚したのか、先の行動を誤魔化すように大きく首を横にふった。

「いえ、なんでもないです……！　ただ、あんまりにも綺麗な人やったんで、びっくりしたっていうか……えげつないイケメンが来たって思って」

里菜さんの言葉に、壱弥さんが吹きだしそうになるのを堪えた。

「なんか、すみません……恥ずかしいこと言うて」

「まぁ、褒められてるってことは伝わったんで」

おおきに、と壱弥さんがほほえみを返すと、彼女はまた恥じらいながらも小さく頭を下げた。

それから彼女に促されソファーへと着いたところで、ようやくそよ子さんが戻った。

手にはシンプルな木製のトレイがあって、ティーコージーを被せたポットと、花柄のティーカップが載せられている。そのまま滑らかな動作でカップを机に並べたあと、ストレーナーを添えてから、そよ子さんは温かい紅茶を静かにカップへと注ぎ込んだ。その瞬間、ふわりと湯気が立ち昇る。

「温かいうちにどうぞ。祁門《キームン》っていう中国の紅茶なんやけど、昨日さっちゃんと出かけた時に北山《きたやま》で買ってきてん」

淹れたての温かい紅茶は、奥行きのある花のような香りがする優しいストレートティーだった。

それを一口味わってから、壱弥さんは改めて里菜さんへと名刺を差し出す。受け取ったシンプルな名刺を覗き込んだ里菜さんは、探偵という肩書きに気が付いたのか、怪訝そうに目を瞬かせた。

「……探偵さんってことは、母が何か依頼をしたってことですか？」

「はい。お父様が遺したレシピノートの捜索をご依頼いただいています」

「父が遺したレシピノートですか……」

言葉とともに、里菜さんは僅かに表情を曇らせた。壱弥さんは真摯な姿勢を崩さず、落ち着いた声で続けていく。

「レシピノートのことはご存じでしょうか。お店のレシピ帖ではなく、お父様が闘病中にノートに書かはったものなんですが」

「……はい、一応は」

「その実物を見たことがあるのは里菜さんだけだと伺ったんですが、所在について心当たりはありませんか」

角が立たないように柔らかい口調で告げる壱弥さんに、彼女はどこか後ろめたさを隠すように俯きながら目を逸らす。そして小さく首を横にふった。

「……どこにあるんかは、うちにも分かりません」

「そうですか。ちなみに、そのノートを最後に確認されたのはいつごろでしょうか」

「それも、はっきりとは覚えてないです。父が亡くなった直後に何回か開いたくらいやと思います。確か、お店のレシピ帖と一緒に置いてたと思うんですけど、気付いたら失くなってしもてて……」

なるほど、と相槌を打ってから、壱弥さんは真っ直ぐに視線を彼女に向けた。しかし、逸らされたままの瞳は少しもこちらを見ようとはしない。しばしの沈黙が続いたものの、それ以上何も言わない彼女を前に、壱弥さんは言葉を切り替える。

「では、過去に一度、里菜さんはご両親の思い出のケーキを作らはったことがあるそうですが、それをもう一度再現することは可能ですか」

里菜さんはふたたび難色を示した。

「……レシピを覚えてへんので、無理やと思います。レシピのことも、父のことも、これ以上うちから話せることはなんもありません」

話せることはない――つまり、彼女はこの話題を拒絶しているのだ。言葉とともに、里菜さんは睨みつけるような冷ややかな視線を彼に向ける。

「……もう、これくらいでいいですか。正直に言うと、あんまり父に関係することは聞かれたくないんです。思い出すのがつらいというか……」

そう言って、今度は悲しげな表情を見せた。

彼女の言う通り、父親が亡くなった当時を思い出すことに抵抗を感じてしまうのは、仕方のないことなのかもしれない。ましてや他人に、亡くなった身内のことを探られるのはきっと心地の良いことではないだろう。

彼女が見せた拒絶的な態度も、核心を濁すような曖昧な言葉も、すべて不快感の表れなのだ。

これ以上は追及するなとはっきりと断られ、壱弥さんは申し訳なさそうに謝罪をした。

彼に代わって、私は静かに口を開く。

「すみません、もうひとつだけ私から聞きたいことがあるんですが」

「なに、まだあるんですか」

露骨な態度に、私は少しだけ怯んだ。思わず身を引いてしまいそうになるのを堪え、鞄から問題の紙を取り出す。

それは、不規則な六つの数字が羅列されたあの紙の切れ端だった。

「これは、そよ子さんからお借りした病院のパンフレットに挟まってたものなんですが、ここに書かれた数字に心当たりはありませんか」

「そんなん知りません」

そう言って席を立とうとする里菜さんを、そよ子さんが引き留めた。

「里菜ちゃん、そんな態度とったら失礼やろ。せっかく時間割いて、お父さんのレシピのこと調べてくれてはるのに」

「うちはこの人たちに調べてほしいなんて頼んでへん。お母さんが勝手に依頼しただけやろ。自分の気持ちをうちにまで押しつけんとって！」

ぴしゃりと言い捨てられ、反射的にそよ子さんの表情が強張った。娘の名を呼ぶ彼女の悲しげな声が、静かな部屋に抜けていく。

「ごめんね、里菜ちゃん。でも、お母さんな……」

「そういうの、ほんまにええから」

突き放すように、里菜さんはそよ子さんの手を振り払った。

そしてそのまま背を向ける彼女に、そよ子さんはひどく傷ついた顔をする。罪悪感に苛まれているのか、里菜さんは口を噤んだまま何も言わない。居心地の悪い空気と静寂が漂う中、気まずさを抱きながらも、私は里菜さんへと視線を向けた。

「里菜さんの気持ちも考えずに、勝手なことばっかりしてしもてすみません。でも、今は里菜さんだけが頼りなんです。どんな小さいことでもかまいません。里菜さんが知ってることがあったら、教えていただけませんか……？」

そう、一言ずつ丁寧に謝罪を交えながら告げたところで、里菜さんの瞳が僅かに揺れたのが分かった。そして、思い悩むように額に手を添えながら深く長い息を吐く。

「あぁ、もう……ほんまやめて。そんな顔で見られてしもたら、蔑ろになんかできひんやんか……」

ぽつりと呟いたあと、彼女はもう一度大息をつきながら、観念した様子でソファーへと座り直した。

続く言葉を待っていると、今度はしっかりと確かめるように、里菜さんは私が手にしていた紙を覗き込む。そして記された六つの数字を目に映した彼女は、少しの間を置いてからゆっくりと口を開いた。

「……これ、確か病院の看護師さんにもらったやつです」

「えっと、じゃあこれは里菜さんが書いたものではないんですね」

「そうやね。父に頼まれて看護師さんが書いてくれたみたいやけど、結局それがなんの数字なんかは分からへんままで、今まで存在すらも忘れてました。数字に心当たりがないのはほんまです」

声音や態度から察するに、どうやらそれは確からしい。

一見して、それが何を表す数字であるのかは皆目見当もつかない。真っ先に浮かぶのは何らかの暗証番号ではあるが、そよ子さんによると、解錠すべき金庫のようなものはどこにもないという。

ただ、強い鎮痛薬によって意識が朦朧とする最中に、怜司さんが必死に伝えた数字であるらしく、本当に大切な何かに繋がるものである可能性も否定できない。家族のために遺したレシピノートの他に、彼は何を伝えようとしていたのだろうか。

私の思考を悟ってか、壱弥さんが言葉を継いでいく。

「貴重な情報をありがとうございます。里菜さんのお気持ちも考えずに、すみませんでした。こちらの数字に関しても、調査を進めさせていただいてもよろしいでしょうか」

「よろしくおねがいします」

と、そよ子さんが言った。

調査を進めるとはいえ、頼みの綱であった里菜さんから得られた情報はごく僅かにすぎない。また、彼女があまり協力的ではない以上、別の糸口を探し出し、情報を辿っていく他はないだろう。

壱弥さんはティーカップに残った紅茶を飲み干すと、ゆっくりと席を立った。

出町柳駅に戻るまでの間、私たちは次の調査の糸口について頭を悩ませていた。

電車を降りて改札を抜けるなり、壱弥さんは気をまぎらわすように伸びをする。そして緩やかに後ろを振り返りながら、背後を歩く私に視線を向けた。

「なぁ、このあとどっか寄る？」

見ると、左手の腕時計はまだ午後三時を過ぎたところを示している。

「行きたいところってありますか？」

「それやったら、近くに美味しいコーヒーのカフェがあるんやけど」

「いいですね。ちょうどおやつ時ですし」

「ほな、ちょっと休憩ってことで」

そうですね、と静かに頷くと、彼は京阪電車のある地下には降りずに、そのまま地上を歩き出した。

今出川通《いまでがわどおり》に向かって南に進み、そこから賀茂大橋を西へと渡っていく。右手には鴨川デルタと呼ばれる三角州があって、気候の良い季節には水辺で遊ぶ親子や、談笑する学生の姿が見られるのだが、今はほとんど人の気配はない。枯草の目立つ寂しげな遊歩道を、愛犬を連れた年配の男性が緩歩《かんぽ》しているくらいだ。

水面を撫でる風は突き刺すように冷たくて、私は河川の景色から目を背けた。

河原町今出川の交差点に来ると、赤信号を前に立ち止まる。

「そういえば、壱弥さんって、紅茶も飲めるんですね」

「まぁな。種類とかはあんまり知らんけど、嫌いではないで。今さらやけど、ナラはコーヒーいけるんやっけ」

　ふと思い出したように、彼は私に尋ねかけた。

　確かに、どちらかというと紅茶派ではあるが、彼が紅茶に対して思うのと同様に、私も特別コーヒーが嫌いというわけではない。むしろ今は、彼が好きなものをもっと知りたいとさえ思う。

「はい。苦すぎひんやつやったら、美味しいところで飲んでみたいなって思います」

「そうか、それならよかった」

　そう、彼はどこか安心した様子で表情を緩ませた。

　大通りを下がり、しばらく進んだところで、白い木造の建物が姿を見せる。一見して、カフェがあるようには見えない古びた外観ではあるが、扉の奥に続く薄暗い通路を抜け、階段をのぼった先に目的の場所はあった。

　そこは、有名ロースターの豆で淹れる本格的なコーヒーが飲める人気カフェで、注文の際には豆の種類だけではなく、味の好みまでも細やかに選ぶことができるらしい。

　ネルドリップ式でじっくりと時間をかけて淹れられたコーヒーは、ペーパードリップ式で淹れたものよりもまろやかで、コーヒー好きなら誰もが訪れたいと思う、隠れた名店であるそうだ。

　普段あまりコーヒーを嗜まない私はミルクの入ったカフェオレを、ブラックが好きな壱弥さんは浅煎りのエチオピアコーヒーを選び、あわせてデザートに一番人気の特製プリンをふたつ注文した。

カフェそのものがあまり広い空間ではないせいか、並ぶ座席やテーブルも広々としたものではない。横並びで座るカウンター席は、背の高い彼にとっては少し窮屈そうに見えるものの、当の本人はあまり気に留めていないのか、どこか浮かれた様子でまったりと寛いでいる。

しばらくして届けられたコーヒーを味わいながら、壱弥さんは幸せそうにふにゃりと表情を緩ませた。

私もまた、味のある渋めの陶器に注がれたカフェオレを口に運ぶ。

丁寧に時間をかけてドリップしたそれは、広がる香りとともに、あとからやってくる優しい苦みが絶妙で、コーヒーに慣れない私でも美味しくいただけるものだった。

「美味しいですね」

「そうやろ、大学生の頃からよう通ってるカフェやねん」

そういえば、大学生の頃は兄である貴壱さんとともにこの周辺に住んでいたのだと話していた覚えがある。自宅の近くにこんなにも美味しいコーヒーを飲めるカフェがあれば、誰でも足繁く通ってしまうものなのかもしれない。

それもコーヒー好きともなれば尚さらである。

爽やかなオレンジの果実とホイップクリームで飾られた特製プリンを前に、壱弥さんは右手にスプーンを携えたまま私に目を向けた。

「このプリンも、上に載ってるフルーツが季節ごとに変わるらしいで」

「え、そうなんですか」

「桃とか、マスカットとか、そのへんはあったような気ぃするわ」

はっきり覚えてへんけど、と零しながら、彼は柔らかいプリンをすくった。

「毎回違う味が楽しめるのっていいですね。見た目もカラフルで可愛いやろうし」

「そうやな」

「何種類くらいあるんやろ。季節ごとの写真があったら見てみたいです。SNSとかやってへんのかなぁ」

そう、スマートフォンでカフェの検索をかけながら告げたところで、壱弥さんははっとして面を上げた。そしてすぐに何かを考え込むように、ゆっくりと目を閉じる。

何か重要なことを思い出したのだろうか。

そう尋ねようとしたところで、彼の大きな手が私の視界を遮った。少し待てといったところだろう。

それから数分の沈黙が続いたあと、ようやく壱弥さんは口を開く。

「……なるほど、写真か。おおきに、おまえのお陰で分かったわ」

「え、分かったって何が？」

「何って、次の調査の糸口や」

私は驚いて彼の顔を見た。何がどう作用して彼に閃きを与えたのだろう。まったく心当たりがないばかりか、この短時間のうちに糸口を導き出せる彼の思考回路が理解できない。それでもなお、壱弥さんは真剣な表情で続けていく。

「悪いんやけど、急ぎで電話したいことがあるから、ちょっとここで待ってて」

壱弥さんはふわりと席を立って、店員に会釈をしてから店の扉を抜けていった。

テーブルには食べかけのプリンとコーヒーが残されたままで、私はカフェオレをお供にスマートフォンで予備本の教材を開きながら、彼が戻ってくるのを待った。

それから十五分ほどが経過したところで、ふたたび彼が姿を見せた。何事もなかったかのように椅子に腰を下ろす壱弥さんに、私は率直に尋ねかける。

「なんか分かったんですか？」

「あぁ、まだ憶測の段階ではあるけど、次の糸口としてはじゅうぶんやろう」

「それって、何を調べるかも決まってるってことですか」

壱弥さんはコーヒーを啜りながら相槌を打つ。

「まずは怜司さんと一緒に働いてたっていう、元従業員の新葉さんに話を聞きに行くところからやな。その後は、俺が昔勤めてた病院の上司に会いに行く」

壱弥さんが勤めていた病院——ということは、怜司さんが闘病生活を送っていた病院ということにもなる。もちろん、怜司さんが患っていた病気のことを調べるのであれば、当時の関係者に話を聞くのが一番の近道なのかもしれない。

しかし、壱弥さんがお医者さんとして勤めていた頃の上司というのであれば、それは彼の指導医にあたる人物であり、彼を苦しめた例の出来事に関わる一人でもある。

「上司って、もしかして椹木《さわらぎ》先生のこと……？」

壱弥さんは無言のまま静かに頷いた。

つまりこのまま調査を続けるということは、彼がひどい怪我を負ったあの事故を、つらい記憶を、鮮明に思い出すきっかけにもなりかねないということだ。そんな自ら火に入るような危険を冒してまで、会わなければならない理由があるのだろうか。

渦巻く不安とともに、私はコーヒーを飲む壱弥さんの横顔をそっと見上げた。

◯

クリスマスも目前に迫った翌週末。

見慣れた大学のキャンパスを離れ、私は壱弥さんとともに医学部棟のそばをゆっくりと歩いていた。

医学部棟は、私が大学生活を送るキャンパスからは少しだけ離れている。大通りを挟んだ南西にあり、親しい医学部の友人がいるわけでもない限りは、他の学部生が訪れる機会も滅多にない場所だ。

話していた通り、壱弥さんは平日の間に単独で調査を続け、元従業員である新葉さんに話を伺っていたそうだ。しかし、椹木先生との約束は、彼が多忙の身で平日に時間を取ることができなかったため、休日である本日まで待つことになったという。

連なる建物の脇を抜けながら南に進んだところで、大学病院とは異なる別棟へと辿り着く。壱弥さんによると、この棟内にある一室で、彼の元上司にあたる椹木先生と面会する約束をしているらしい。

いわく、椹木先生は今年度から脳神経外科の准教授に昇進し、それに伴ってこの大学病院へと異動することになったという。

正直なところ、いまだに彼が椹木先生に会うことを決断した理由はよく分からない。怜司さんが闘病生活を送っていた病院の関係者、ということだけが理由であるのなら、すでに異動してしまっている椹木先生に伺ったところで、情報を得ることは難しいのではないだろうか。

それに、怜司さんが患っていたのは消化器官の悪性腫瘍であり、脳神経外科を専門とする椹木先生にとっては専門外の疾患である。他に尋ねる相手がいなかったとも推測できるが、専門であることだけを考えるのなら、消化器内科医である貴壱さんに教わった方が確かだろう。

心なしか、壱弥さんの表情にもうっすらと緊張の色が浮かんでいる。

厚手のジャケットに身を包んだ彼は、周囲の様子を窺いながらも、医学部臨床研究棟に足を踏み入れる。その背中についていて入り口を潜ったその時、ふと視界の端に覚えのある女性の姿がよぎった。

白衣を纏ったその姿を目にした途端、私は無意識に身体を強張らせた。

――私はこの女性を知っている。そう思った直後、壱弥さんは軽く左手を上げながら静かに彼女へと声をかけた。

「梓《あずさ》、待たせて悪いな」

その言葉に、彼女もまた小さく手を上げて応じる。

「ううん、まだ時間も余裕やし、大丈夫やで」

「そうか、それならよかったわ」

言葉遣いから察するに、きっと気心の知れた相手なのだろう。壱弥さんはくだけた言葉とともに、心の内に潜ませていた緊張を吐き出すように深く息をついた。

同時に、梓さんと呼ばれた女性が私に目を向けた。

「高槻《たかつき》さん……やったかな？　はじめまして」

唐突に名を呼ばれ、私はたじろいだ。困惑する私の様子を見てか、彼女は付け足すように言葉を添える。

「私は梓川麻琴《あずさがわまこと》、よろしくね。高槻さんが一緒に来るってことは春瀬くんからも聞いてたし、心配せんでも大丈夫やで。ちゃんと先生にも伝えてあるから」

その言葉を聞いて、私はようやく自分の名前が呼ばれた理由を理解した。

改めて、白衣姿へと目を向ける。清潔感のある白衣の下には、シンプルな黒色のデニムと柔らかい水色のニットを着用していて、今が仕事中ではないということは容易に分かる。休日にもかかわらず、壱弥さんのために来てくれたのだろう。

そのまま白衣の胸ポケットに留められた名札へと目を滑らせると、彼女の名前とともに、精神科の医師であるということが記されていた。

その名前を前にして私ははっとした。

「梓さんって、名前とちゃうんですね」

「え？　あぁ、春瀬くんも私のこと『梓』って呼んでるもんな。ややこしくてごめんね。梓川って苗字、長いってよう言われんねん」

「ずっと下の名前なんかと思ってました」

「あはは、その方が可愛いのになぁ」

そう、彼女は朗らかに笑った。そのやり取りを聞いていた壱弥さんが、怪訝な表情で私に問いかける。

「おまえ、梓に会ったことあるっけ？」

「いえ、直接話すのは今日が初めてです。でも、前に病院で壱弥さんと喋ってるところを見たことがあって……綺麗な人やなって思ってたんで、はっきりと覚えてます」

「ほんまに？　ありがとう」

そう明るくほほえむ彼女を前に、直前まで胸中に渦巻いていた警戒心も、自然と薄れていくのが分かった。

その容姿は一歩後ろに引いてしまうくらいの美人ではあるが、柔らかい笑顔は本当に自然で嫌みがない。それだけではなく、言葉遣いもすべて私たちと変わらない、親しみやすさを感じる京都訛りのものである。

彼女は思い出したように告げる。

「そういえば、先月くらいにも会ったよね？」

「え、そうでしたっけ」

と曖昧に濁したところで、私は先月にあった大きな出来事を思い出した。

それは雨の降る休日。大学の友人との待ち合わせ場所に向かう途中で、不注意にも祖父の形見でもある懐中時計をどこかに落とし、失くしてしまったという事件だった。

しかし、偶然居合わせた壱弥さんのお陰で、懐中時計は翌日に私の手元へと戻った。ただ、落とした衝撃によって時計は壊れ、修理を依頼するため、壱弥さんに紹介された小さな時計屋へと持ち込むことになる。そこで彼の過去を知る人物に出会い、時計が繋いだご縁によって、かつては彼がお医者さんとして懸命に勤めていたことを知った。

同時に、彼の身にふりかかったつらい過去に触れることにもなった。

今は探偵として自分の速度で毎日を過ごしているが、それでも時折、そのつらい出来事を思い出す瞬間がやってくる。左腕に残る傷痕のように、その苦しみは簡単に消えるものではない。天気の優れない夜はあまり眠ることができず、薬の副作用とも重なって眠気が出やすいと話していたこともはっきりと覚えている。そんな彼の抱える苦痛を思い出すと、胸がぎゅっと締め付けられるように痛んだ。

ぼんやりと思い返していた私に、麻琴さんは不思議そうな表情で問いかけた。

「覚えてへんかな……？」

「あっ、いえ、思い出しました。三条のところでお会いしましたよね」

「そうそう！　やっぱり気付いてたよなぁ。それとあの時、懐中時計落とさはったやろ」

つい先ほどまで巡らせていた単語を聞いて、私は思わず声を上げた。

「もしかして、あの時計を拾ってくれはったのって」

彼女はゆっくりと頷いた。そしてすぐに両手を胸の前できっちりと合わせ、私に向かって謝罪する。

「一応すぐに声はかけてみたんやけど、ちょっと遠かったし、気付かへんまま急いでどっか行ってしもたやろ。でもまぁ春瀬くんに渡せばええかって楽観的に考えてたから、余計に心配させてしもたかなって」

「それで、壱弥さん経由で渡してくださったんですね」

「そうやねん。春瀬くんからあの時計が大事なお祖父さんの形見やって聞いて、早く返した方がいいと思ってな。春瀬くんには悪かったけど、私も仕事やったし、次の日に病院に取りに来てもらったんやで」

　ゆえに、彼が私に時計を返却すると告げた時、待ち合わせに指定された場所が大学のキャンパスだったのだ。

　時を経て繋がる謎に、改めて自分が懐中時計を失ったことばかりにとらわれ、彼の温かさに気付けていなかったことを自覚した。

「今さらですけど、拾ってくださってありがとうございました。壱弥さんもありがとう」

「いいえ、無事に手元に戻ったみたいで安心したわ」

　彼女が明るく告げたあと、壱弥さんもまた素っ気ない返事とともに小さく頷いた。

　それから麻琴さんに誘導され、私たちはエレベーターに乗って五階を目指した。そのフロアの一角に椹木先生が控えている部屋があるらしい。すれ違う人に会釈をしながら、麻琴さんの後ろをついて廊下を真っ直ぐに進んでいく。

先の話題の続きではないが、雑談を交わす二人の姿を見て、私はふと思い出した。確か時計を失くしたあの日、二人は寺町の商店街にある老舗喫茶店で会って話をしていたのではなかっただろうか。

「二人は今でも仲いいんですか？」

「うん、まぁそうやなぁ。春瀬くんとは大学からの同期やし、腐れ縁って感じやね」

「腐れ縁って、なんやねん」

そう、壱弥さんは顔をしかめた。それを見た麻琴さんは可笑しそうに肩を揺らして笑っている。

今まで何度も彼女についての憶測を巡らせてはきたが、そういった類の心配事は、ほとんどが杞憂で終わるものなのだろう。ほっとして心の中で安堵の息をつくと、麻琴さんは軽やかに続けていく。

「ちなみに、高槻さんの話は春瀬くんからよう聞いてるんやで。ここの大学の法学部に通ってるんやろ？　弁護士さんになるのって大変やろうし、ほんまに尊敬するわ」

「いえ、そんな」

「よかったら、ナラちゃんって呼んでもいい？」

「はい。私も麻琴さんって呼ばせていただいてもいいですか？」

「もちろん。また会うこともあるやろし、その時は声かけてな」

そう告げてから、彼女はふたたび朗らかに笑った。

少しだけ薄暗い廊下に着くと、麻琴さんは緩やかに立ち止まった。

「ここまで来たら場所は分かる？」

「あぁ、おおきに」

「ちゃんとアポは取ってるし、准教授室に行けば会えると思うよ。ほな、私は下で待ってるから」

頑張って、と彼女は壱弥さんの背中を軽く叩いたあと、ひらりと白衣を翻した。

その後ろ姿に頭を下げてから、私は隣に立つ壱弥さんをゆっくりと見上げる。前を見据える琥珀色の瞳には、ほんの僅かではあるが、不安の色が混じっているようにも見える。

彼は今、何を考えているのだろう。どれだけの覚悟をもってこの場所に来ることを決めたのだろう。簡単なようにも思えるが、やはり当時の関係者に会うのであれば、相当な勇気が必要だったはずだ。

深く息を吐き出してから、壱弥さんは准教授室の扉を叩く。間もなく聞こえる柔らかい男声に、彼は慎重にその扉を開いた。

開けた視界の先に、整然とした部屋が見える。その片隅で、一人の男性がデスクに向かっているのが分かった。

「椹木先生、お久しぶりです。十三時からお約束をしていた、春瀬です」

しっとりと落ち着いた壱弥さんの声に、男性はくるりとデスクチェアをまわす。そして彼の姿を捉えると、眼鏡の奥の双眸を細めながら、口元に柔らかな笑みを作った。

「やぁ、春瀬くん。ほんまに久しぶりやな。……元気そうでよかったよ」

「はい、椹木先生こそ。改めて、ご昇進おめでとうございます」

丁寧に紡がれる言葉を受けて、椹木先生はふっと表情を和らげた。

敵意のない声色にようやく愁眉を開いたのか、案内された席に着くと、壱弥さんはそのまま本題に入る。

「お願いしていた件に関してですが」

あぁ、と一呼吸をしてから、椹木先生は眉根を寄せながら小さく首をふった。

「……申し訳ないんやけど、いくら春瀬くんが相手でも、親族ではない人間にカルテを開示することはできひん。それは分かってくれるやろ」

壱弥さんは首肯する。

もちろん、事前にそよ子さんからも同意を得ているとは聞いていたが、それでも病院側が決めた明確な線引きがあるのであれば、それを破ることはできないということだ。

残念そうに眉尻を下げる壱弥さんに、椹木先生は続けていく。

「とはいえ、きみからの依頼を無下にするわけにもいかへんからなぁ。僕自身も前の病院から異動してしもてる身ではあるけど、今でも渋めの症例がいる時は指導医として呼ばれることもあってね」

　そう言って、椹木先生はデスクの上から一枚の紙をつまみ上げる。そしてふたたびこちらに向き直ると、それを静かに壱弥さんへと差し出した。

　そこには検査画像と思われる白黒の写真が並んでいた。

　それを目にした直後、壱弥さんは驚いた様子で顔を上げ、幾度も目を瞬かせながら椹木先生を見つめる。変わらず、彼は優しい声音で続けていく。

「それに、春瀬くんが患者の妻から依頼されて調査を進めてるってことは聞いてたわけやし、僕からも当人に一報は入れさせてもらってる。きみに検査画像を渡す承諾を得るつもりやったんやけど、反対に彼女の方から協力してほしいってお願いされてしもてね」

　静かにほほえみながらも、椹木先生は壱弥さんの顔をしっかりと見据えている。

「ただ、下手したら法に触れることでもあるし、仕事での依頼とはいえ、なんでもかんでも他者に情報を開示することはできひん。それに、春瀬くんやったらこれだけの情報でもじゅうぶんやろうと思って」

　そう、彼はもう一度ほほえんだ。

　温かく見守るような優しげな目元だった。

　きっと、それぞれが憂慮していた守秘義務を前に、導き出した最良の結論が、この検査画像を開示することだったのだろう。

「……ご高配いただき、ありがとうございます」

「はは、そんな畏まらんでも。やっぱり真面目なところはあの頃と変わらへんな」

冗談めいた言葉に、琥珀色の瞳が僅かに揺れたのが分かった。

それは、彼がお医者さんとして勤めていた頃の姿と見比べているのだろうか。

表情を曇らせる彼をよそに、椹木先生は隣に控える私へと視線を向ける。きっちりと纏う白衣には、専門の診療科とともに「椹木篤志《あつし》」と記された名札がつけられているのが見える。

「きみがあの高槻先生のお孫さんか？」

思いがけず告げられた祖父の存在に、私は思わず目を見張った。

「祖父のこと、ご存じなんですか……」

「あぁ、少しだけやけど、話したことがあってね」

それは壱弥さんを救うために祖父が寄り添っていたという事実にも関わることなのかもしれない。

すなわち、弁護士として事故について事情を伺っていたということを示唆している。もちろん、祖父の行動は当事者を責めるものではない。それぞれの立場から当時の状況を確認し、和解のために詳細な情報を集めていたにすぎないのだ。

椹木先生はひっそりと私に尋ねかける。

「きみは彼のこと、どこまで知ってるんや」

「えっ……」

その直球な言葉を耳にして、どきりとした。

どのように答えるべきか、即座に判断がくだせずにまごついていると、私に代わって壱弥さんが言葉を続ける。

「彼女には、僕からすべて話してあります」

「そうか。事情を知ってる人がそばにいてくれるんやったら安心やな。前から、春瀬くんが高槻先生のところにいるっていうのは聞いてたんやけど、ほんまに立派にやってるって知れてよかったよ」

そう言ってかすかに双眸を細めたあと、彼は神妙な顔を壱弥さんに向ける。

「……あれから、腕の具合はどうや」

探るように紡がれたその言葉に、壱弥さんは口元を和らげた。いつかは聞かれることだと予感していたのだろう。

「今は、日常生活に支障がないくらいには回復してます」

「それならよかった。医者の仕事もちょっとは続けてるんやろ？」

「そうですね。検診とか、そういう簡単なものなら今でもたまに……」

一見して平然と話しているように思うものの、彼の声には覇気が感じられない。それどころか、瞳には仄暗い影が差しているようにも見える。

「もしもまだ、医学の道に興味があるんやったら、臨床医じゃなくても研究医として復帰することも視野に入れて考えてくれへんかな。大学院に進んで医学博士を取得するのも、春瀬くんやったらそんな難しいことやないやろ」

「……考えておきます」

「できれば前向きに検討してほしい。町田《まちだ》先生も、今年からようやく臨床に復帰してくれたところやし、いつでも待ってるから」

唐突に告げられた先輩医師の名前を耳にして、壱弥さんは目を大きくした。

同時に、声をかすかに震わせる。

「それって、あの事故のせいで――」

「いや、そうやないよ。彼がきみに対して罪悪感を抱いてたのは事実やけど、ほんまにそれだけじゃないんやで」

そう、椹木先生は彼の言葉を遮る形で首を横にふった。しかし、壱弥さんは複雑な表情を浮かべたまま、手元へと視線を落としている。

「そう……ですか……」

「とにかく、元気そうな春瀬くんの顔が見られてよかったよ。困ったことがあったら、いつでも僕のところに来てくれていいからな」

「ありがとうございます」

深々と頭を下げる彼に、椹木先生はもう一度目を細めた。

准教授室を後にして、私たちは神妙な気持ちを抱きながらも、元来た道をゆっくりと引き返した。

前を歩く彼の背中には少しの哀愁が漂っている。同時に、左手で強く拳を握り締めていることに気が付いた。細かく震える彼の手を見て、私は思わず彼の袖を掴む。急に袖を引かれて驚いたのか、壱弥さんは大きな目をさらに大きく開きながら、私を見下ろした。

やはり、向けられた顔色はひどく青白い。それでもなお、具合の悪さを隠そうとしているのか、壱弥さんはぱっと顔を背ける。

袖を引きながら、私は静かに声をかけた。

「壱弥さん、少しだけでいいんで、座って休みませんか」

壱弥さんは首をふった。

「……いや、できれば一刻も早くこの場所から離れて外の空気吸いたい。このままここにおったら、たぶん吐く」

「え、それは困ります！」

驚く私を見て、壱弥さんはふっと笑う。

「嘘や。吐きはせんけど、それくらい気分は最悪ってことや」

誤魔化すように、彼はもう一度へらりと笑った。

しかし、その態度に反して気分は急速に悪化しているのだろう。意識的に深い呼吸を繰り返す姿を見て、私は彼の手首を掴み、到着したエレベーターへと乗り込んだ。

一階のエントランスに出ると、私たちの姿を見つけた麻琴さんが、慌てた様子でこちらに駆け寄ってくるのが見える。

「ちょっと、春瀬くん大丈夫!?」

「まぁ……ぎりぎり……」

とは言うものの、覗き込んだ顔色はまだ蒼白なままで、苦しそうに肩で大きく息をしているのが分かる。よろめく壱弥さんの身体を支えながら外に出た直後、ひんやりと乾いた風が吹いて、なんとなく抱いていた閉塞感が少しだけ和らいだように思った。

近衛通《このえどおり》を渡り医学部の正門を潜ってから、医学図書館前の階段をのぼる。そしてその最上部へと腰を下ろすと、すぐに壱弥さんは仰向けに寝転んだ。

身体を冷やす冬の風も、今は妙に心地いい。

キャンパス内には学生らしき人の影が散見され、休日とはいえ人通りは多い。どうやら図書館を利用するために訪れた学生たちが、昼休憩のために出歩いているらしい。医学部のキャンパスは南北に貫くように大通りが走っていて、そこを自転車で颯爽と駆け抜けていく人の姿も見える。

そんな人目のある中で、白昼堂々と横たわる彼の姿は、事情を知らない人からすれば随分と奇怪に見えるかもしれない。それでも彼の具合が良くなるまではと、私たちは何も言わないまま乱れた呼吸が落ち着くのを待った。

次第に静まる呼吸音とともに、私は隣で休む壱弥さんに視線を向ける。直前まで乱れていたはずの呼吸も、今は胸元が規則的に上下を繰り返しているだけだ。

「少し落ち着きましたか？」

そう小さい声で尋ねると、彼はうっすらと目を開いてから静かに相槌を打った。

湿った重い空気を浚うようにふたたび冷たい風が吹いて、彼の少し長めの黒髪をさらりと揺らしていく。

「……ごめん。それなりに覚悟はしてたつもりやねんけど、ほんま情けないな」

自嘲する彼の言葉に、私はどう返せばいいのかと戸惑った。その心の揺らぎを察してか、壱弥さんはゆっくりと上体を起こしてから、私に向かって軽くほほえみかける。

「心配かけて悪かったな」

そんな顔するな、と彼は私の頭に大きな手を乗せた。その物憂げな表情を仰いだ時、隣で膝を抱えていた麻琴さんが、にんまりと笑ったのが見えた。

彼女はぽつりと呟く。

「こうやってここに座ってるとさ、昔のこと思い出すよね。学生の時もこんなふうに三人でよう喋ってたもんなぁ……。世間体とか、人の顔色とか、そういうの気にせんと好き勝手にやってた頃は楽しかったよね」

彼女の言葉にも、壱弥さんは何も言わない。寂しげな彼女の表情を見る限りそう易々と触れることのできない話題なのだろうと思う。

ぼんやりと思考を巡らせていると、麻琴さんはどこか悲しげにほほえんでから、壱弥さんの肩に手を添えてゆっくりと立ち上がった。

膝まである白衣の裾が、冷たい風にふわりと翻る。

「じゃあね。もう具合も大丈夫そうやし、私はそろそろ戻るから」

「あぁ、色々とおおきに。助かったわ」

「いいえ、春瀬くんもあんまり無理したらあかんで。せっかく疼痛コントロールもしっかり図れてるんやし、ぶり返したら困るやろ。体調悪い時はしっかりと休んでな」

その言葉遣いはまるで子供に言い聞かせる母親のようで、麻琴さんが心から彼を心配しているのが分かった。

麻琴さんが去ってから、改めて私は隣に座る壱弥さんへと声をかけた。

「壱弥さんって、どんな大学生やったんですか？」

「どんなって、そりゃもう誰から見ても真面目な学生やったで」

「ほんまに？　ちょっと嘘くさいですね」

「なんでそこ疑うねん」

にんまりと笑いながら、壱弥さんは私に視線を流した。

青白かったはずの顔色にも、今はほんのりと赤みが差していて、人よりも滑らかな白皙が目に眩しい。これだけ見目も良くて生活態度も真面目だというならば、学生時代にもさぞ浮名を流していたことだろう。

そうやって身勝手にも彼の過去を想像し、ひとりでに心苦しくなる自分がいる。今の彼が年下の女性から憧れを抱かれやすいことは事実ではあるが、それは学生時代から変わらないことなのだろうか。

私は少しだけ勇気を振り絞って、心にひっかかっていた疑問を口にした。

「……麻琴さんとは、学生時代にお付き合いしてはったんですか？」

その瞬間、壱弥さんは小さく吹きだした。

「いや、さすがにそれはないやろ」

「そうですか……？」

「ただの腐れ縁やって言うたやろ。それに、大学の頃から梓にはちゃんと付き合ってる相手がおったし、今でもずっと、そいつのことしか眼中にないからな」

確かに、昔のことを思い返していた時、麻琴さんは「三人で」と話していたようにも思う。

「ほな、ほんまにいい友人なんですね」

「まぁな。ただ、大学時代からの友人の中でも梓だけは特別やとは思ってる。あいつが精神科医ってこともあるんやけど、俺が潰れそうになってた時にも、梓には色々と助けられてたから」

壱弥さんはいくらか表情を和らげた。

精神科医――つまりは、心のケアに関わる診療を行うお医者さんでもあって、麻琴さんはそういった医学的な側面から彼を支え続けてきたのだろう。

そしてそれは、きっと今でも変わらない。そのすべては、麻琴さんが「腐れ縁」だと話していたことにも繋がっている。

「誰かに助けられると、人のご縁って大切やなって心から思いますよね」

「そうやな。今日、こうやって椹木先生から情報もらえたんも、梓がアポ取ってくれたお陰やし」

そう告げてから、彼はジャケットの内ポケットから一枚の紙を取り出した。

それは椹木先生から受け取ったもので、頭部の画像検査をいくつか並べて印刷したものである。医学に関わる知識を持ち合わせていないゆえに、それがどういった意味を持っているのかは私には分からない。それでも、その画像を見ただけで、壱弥さんはじゅうぶんだと告げたのだ。

たったこれだけの情報で、何を導くことができるのだろうか。

私は口を開く。

「ほんまにこの紙だけで、欲しい情報は手に入ったんですか……？」

「あぁ。俺の推理通りやとは思う」

「ってことはつまり、レシピがどこにあるんか分かったってこと？」

怪訝に尋ねる私に向かって、壱弥さんはほんの少しの間を置いてから静かに首を横にふった。

「えっ？」

「残念やけど、レシピを見つけ出すのは無理や」

驚きのあまり、私は間の抜けた声を漏らした。

「無理って、どういうことですか？　依頼はどうなるんですか？」

「まぁ想定の範囲内やし、そんな心配せんでも大丈夫やから」

とはいえ、レシピを見つけられないということは、調査の遂行が困難だということとほとんど同義である。なぜそんな重大な問題を前にしても、思い迷うことなく大丈夫だと言い切れてしまうのだろう。

それどころか、この期に及んでも、槻木先生に会うに至った経緯さえもはっきりと分からないのだ。本当にこの紙きれ一枚で結論を導くことができたのだとしたら、やはり彼の思考回路には、人のそれとは異なるものが秘められているように思えてならない。

動揺する私に、壱弥さんは宥めるような柔らかい声で告げる。

「悪いけど、あともうちょっとだけ付き合うてや」

そしてふわりと立ち上がると、いつもの彼らしい自信に満ちた表情で、雨雲の滲む空へと目を向けた。

○

翌日にはさらに冷え込みが厳しくなって、日暮れ時には本格的に雪が降るという予報だった。今はまだ雪雲の隙間からうっすらと青空が見え隠れしてはいるが、陽が傾くにつれて次第に天気は下り坂となる見込みである。

凍てつく空気によって吐息は白く曇り、言葉を交わすたびに、視界がふわりと雪色に染まる。そんな些細な冬の訪れを感じた日には、繰り返し深い息を吐き出しながら、冬将軍がすぐそこにいることを何度でも確かめたくなるものだ。

「今日、ほんま寒いな」

そう、かじかむ指先を擦り合わせながら、壱弥さんもまた吐息を曇らせた。

時折思い出したように雪がちらつく中、冬ざれの公園を眺めながら、私たちは先週と同じ道のりを辿っていく。周辺は住宅が建ち並んでいるものの、広い空き地や田畑が目立つ長閑な地域である。そんな景色を見ていると、日常からずっと離れた遠い場所に来たような不思議な感覚を抱いた。

岩倉川に架かる橋を渡り、点々と並ぶ住宅の間を進む。覚えのあるクリーム色の外壁を見つけるなり、約束の時刻通りに呼び鈴を鳴らした。

そよ子さんに招かれて室内に入ると、暖まった空気がふわりと身体を包み込んだ。寒さから解放されたお陰なのか、強張った身体がじんわりと温まり、指先からほぐれていくのが分かる。

そんな私たちの様子を見てか、そよ子さんは「寒かったやろ」と告げてから、すぐに温かいミルクティーを出してくれた。

湯気の昇るカップに、添えられていた星形の砂糖をひとつ落としてから、私はゆっくりとそれを飲む。ミルクたっぷりの優しい味に心が和らいでいくのを感じていると、壱弥さんもまた両手を合わせてからカップをそっと口元に運んだ。

人を前にした時の彼の礼儀正しさは、生まれ育った環境によるものなのだろうか。

ぼんやりと傍らの彼を眺めていると、ふたたび姿を見せたそよ子さんがほほえみながらこちらを見ていることに気付く。その瞬間、なんとなく気恥ずかしくなって、私は平静を装いながら目を背けた。

「そうそう、これもよかったらどうぞ。お茶菓子にって娘が作ってくれたんやけど、結構おいしいから」

そう言って机の上に置かれていた缶を開けてから、そよ子さんは斜めに向かい合うようにソファーの端に腰を下ろした。

細長いくすんだベージュ色の缶の中には、四種類の四角いクッキーが隙間なく綺麗に並んでいる。勧められるがまま、私はカカオクッキーをひとつ手に取った。見た目はとてもシンプルなものではあるが、カカオの香りをしっかりと感じることのできる濃厚な味である。

私たちがそれぞれにクッキーをいただくのを見てから、そよ子さんはゆったりとした口調で話し始めた。

「今日は結果を聞かせてくれはるってことでいいんかな」

その言葉を合図に、壱弥さんは居住まいを正してから、預かっていたレシピ帖や書類を机の端に置いた。

「まずはお借りしていた資料をお返しいたします。ありがとうございました」

小さく頭を下げるそよ子さんに、壱弥さんは続けていく。

「そしてこちらが報告書です」

差し出された封筒を前に、彼女は緊張した面持ちのまま壱弥さんへと尋ねかける。

「これは、今見てもいいの？」

「もちろんです。大まかな事実のみを記載してありますので、詳細は口頭で説明させていただきます」

こくりと頷いてから、そよ子さんはおずおずと封を切った。そしてレールファイルに綴じられた報告書を開く。読み進めていくにつれて、彼女の表情がどんどんと曇っていくのが分かった。

「……やっぱり、レシピを見つけるんは難しかったってことですね」

悲しげな声に、壱弥さんは彼女を真っ直ぐに見つめたまま首肯する。

調査は彼が予想した通りの結果を迎え、亡き夫が遺したというレシピノートを見つけ出すことは叶わなかった。しかしそれは彼の力不足でも、レシピが破棄されてしまっていたというわけでもない。

瞳を濡らすそよ子さんに、壱弥さんははっきりとした声で告げる。

「残念ですが、そよ子さんが捜していたレシピは初めから存在しません」

「えっ」

そよ子さんは驚いた声を上げた。思いがけない壱弥さんの言葉を耳に、動揺しているのか、茶色い瞳をうろうろと泳がせている。

「でも、レシピは里菜ちゃんが……」

「これは僕の推測ですが、ご主人はある理由によって、レシピを残すことができひん状況にあったんやと思います。そうですよね」

と、壱弥さんがリビングの外へと顔を向けた。

その瞬間、ドアの向こう側で綺麗な長い髪がさらりと揺れたのが分かった。

あっ、と思った時にはもう彼女の姿はない。頭で考えるよりも先に勢いよく立ち上がった私は、反射的にドアに向かって駆けだしていた。

「里菜さん、待って!」

ドアを開き、逃げるように走り去る彼女の背中を追いかける。手を伸ばし、腕を掴んだ直後、ようやく彼女は振り返った。向けられた表情は、まるで何かをおそれるかのようにひどく強張ったものだった。

「……急に呼び止めてしもてすみません」

私はゆっくりと手を解く。

「もしよかったら、里菜さんも一緒に話を聞いてくれませんか?」

「……は? なんでうちがそんなことせなあかんの」

里菜さんはふたたび私に背を向けた。その言葉にはやはり拒絶の意志が含まれている。

しかし、直前までこちらの様子を窺っていたことを思えば、そこには彼女の抱く裏腹な感情が潜んでいるように思えてならない。

私は真っ直ぐに彼女の背中を見つめながら続けていく。

「里菜さんのお父さんに関わる大事なことやからです」

里菜さんは拳を握った。いったい、彼女は何を迷っているのだろう。私はもう一度、今度ははっきりと明瞭な声で告げる。

「里菜さんがお父さんのことを大切に想ってたんは分かります。だからこそ、里菜さんにもちゃんと聞いてほしいんです。里菜さんのお父さんがどんな気持ちで病気と闘ってはったんか、知っててほしいと思うから」

私の言葉に、里菜さんが戸惑うのが分かった。

肩をすぼめ、弱々しい声で呟く。

「……でもこの前、あんなにひどいこと言うたんやで」

「そんなこと気にしてません。私たちが里菜さんの気持ちも考えへんまま、土足で踏み込んでしもたんが悪かったんです。やからこそ余計に、今日の話は里菜さんにも聞いてもらいたいって思うんです」

ようやく、彼女はこちらを向いた。そして、眉を寄せた顔で不安そうに私を見ると、次には頭を抱えるようにして深い溜息をついた。

「あぁもう、そんなはっきりと言われたら、断られへんに決まってるやん……」

「ほな、一緒に話聞いてくれはるんですね」

　里菜さんはこくりと頷いた。

「そこまで言うてくれるんやったら、ちゃんと聞きたいとは思う。でも正直に言うと、あの探偵って人のことを信用しても大丈夫なんかが分からへんくて。悪く言うつもりはないんやけど、見た目が綺麗すぎるせいで笑顔もうさんくさいし、お母さんが騙されてへんかも心配で……」

　申し訳なさそうに告げる彼女に、私は驚いて目を瞬かせた。

　確かに、彼の素性を知らない人からすれば、少し陰のある不思議な人にも見えてしまうものなのかもしれない。それは母やそよ子さんが、彼をミステリアスだと言う理由にも他ならない。

　優れた洞察力と機転が利くさま、そして見た目の清潔さを見る限り、周囲が気後れしてしまう気持ちもじゅうぶんに分かる。そこまで考えたところで、時間差でじわじわと笑いがこみあげてくる。

「つまり、壱弥さんが詐欺師っぽいってことですよね」

　笑いを堪えたまま告げると、彼女は恥じらいながら首肯した。

「違うのは分かってるんやけど、探偵っぽくはないやろ……？」

「なんとなくですけど、言いたいことは分かります。探偵ってあんまり日常では馴染みのない職業ですし、派手な印象はないですもんね」

　とはいえ、信用を獲得したうえで成り立つ探偵業において、怪しく思われてしまうのは致命傷である。よじれそうになるお腹を押さえながら、私は呼吸を整える。

「でも、壱弥さんのことは信用しても大丈夫って私が保証します。絶対に悪いようにはなりません。壱弥さんは優しい人ですし、私が一番信頼してる人ですから」

　私の言葉を聞いて、里菜さんは眉を下げたままかすかにほほえんだ。

　彼女を連れてリビングへと戻ると、そよ子さんが目を丸くした。まさか里菜さんが一緒に話を聞いてくれるとは夢にも思っていなかったのだろう。同時に、壱弥さんが私に向かって小さく左手を上げる。

「遅くなってすみません」

「かまへんけど、俺が詐欺師とちゃうってことはちゃんと弁明しといてくれたんか」

　にんまりと怪しく笑う壱弥さんを前に、里菜さんはぎくりとして一歩あとずさった。私は彼を軽く睨みつける。

「盗み聞きはよくないですよ……！」

「ドア開けっ放しやったし、不可抗力やろ。俺の顔がうさんくさいとか、詐欺師っぽいとか、陰口たたいてる方がよっぽど悪質やと思うけど」

　さすがに、顔自体がうさんくさいとは言っていない。あまりにも暴言である。

「まぁ、断片的にしか聞こえへんかったし、経緯は分からんけどさ」

「なんや、全部聞こえてたわけとちゃうんですね。よかった」

もしも会話のすべてを聞かれていたのだとしたら、恥ずかしさのあまり顔も合わせられなくなってしまうだろう。ほっとして胸を撫でおろすと、壱弥さんは里菜さんへと視線を向けた。

「まぁそれはええとしてやな……」

里菜さんが私の隣に座るのを確認してから、壱弥さんは彼女に向かって丁寧に頭を下げる。直前までのおどけた態度はどこにもない。

「調査とはいえ、ご家族の事情に踏み込んでしもてすみません」

「えっと……それはもう大丈夫です。今回のことも、母が頼んだことやから……」

彼女は首を横にふった。

それでも、まだ迷いを捨て切れていない部分はあるのだろう。視線は手元を捉えたままで、なかなかこちらを見ようとはしない。しばらくの沈黙が流れたあと、しびれを切らせたのかそよ子さんが尋ねた。

「里菜ちゃん、よかったら知ってること全部教えてくれへんかな……？　レシピがなかったっていうんはほんまなん？」

里菜さんは頷いた。やはり、と思うと同時にそよ子さんが目元に指先を当てる。

「なんでそんな大事なこと、もっと早くに教えてくれへんかったん……？」

責めるようなそよ子さんの言葉に、里菜さんは目を伏せたまま口を噤んだ。そよ子さんははっとする。

「違うの、里菜ちゃん。責めてるわけではないんやで。むしろ、私が頼りなかったせいでいっぱい迷惑かけたのに、今さらこんなこと聞くのも都合が良すぎるよな……。話したくないことくらい、里菜ちゃんにもあるのに」

「なんで……」

僅かに震える声で呟いた里菜さんは、膝の上で強く拳を握った。

「なんでいっつもちゃんと向き合おうとしいひんの？」

「里菜ちゃん……？」

「お父さんのことを想ってたからこそ、つらそうな姿を見たくなかったっていうんは分かるよ。でもそれって、お父さんよりも自分の気持ちを優先したってことやろ。そやからうちは、お母さんのこと許せへんねん……！」

許せない。そう面と向かってはっきりと言い渡され、そよ子さんは面を伏せた。その目にはうっすらと涙が滲んでいるのが分かる。

「……ごめんね」

「簡単に謝らんとって！」

ぴしゃりと言い捨てる里菜さんに、そよ子さんはひどく傷ついたような顔をした。目元からは、はらりと涙が零れ落ちる。

里菜さんは嫌悪感を振り払うかのごとく、小さく頭をふった。

「今さら、お父さんのことを知ってほしいとは思わへん。お母さんだけには話したくない。それがうちの本音や」

頼りのない声で呟きながらも、里菜さんはもう一度拳を握る。

「……でも、ちゃんと話さなあかんってことも頭では分かってるねん。……うちが面会に行くたびに、お父さん、毎回聞いてきてたんやで。そよちゃんは元気にしてるか、寂しがってへんか、って。自分の病状よりもお母さんのことばっかり気にしてさ。呆れるっていうか、お父さんらしいっていうか……」

ゆっくりと記憶をなぞるように言葉を紡ぎながら、里菜さんはその目に涙を浮かべた。

病床に臥せる怜司さんは、いつもそよ子さんのことばかり話していたという。

——彼女はのんびりとしてるけど、繊細で優しい人やから、きっと病気になった僕を見てひどく心を痛めてるんやろうね。

そう、面会にも姿を見せない妻を咎めるでもなく、薄情だと責めるわけでもなく、怜司さんはずっとそよ子さんのことを心から案じていたそうだ。同時に、彼女にはできるだけ苦しむ姿を見せたくないのだと話していた。

無理に面会に来てほしいとは思わない。自分の姿を見て彼女が心を痛めてしまうのであれば、会わない方が幸せなこともある。

そう言って、いつも寂しげにほほえんでいたという。きっと、本心では会いたいと願っていたはずなのに。それなのに、彼は決して自分の気持ちだけで何かを話すことはしなかったそうだ。

だからこそ、里菜さんは怜司さんの意志を尊重し、病状を隠すことを選んだのだ。それが彼女の心に迷いを生み、今までの拒絶的な態度を作ってしまっていたのだろう。

里菜さんは顔を上げた。

「春瀬さんが言わはった通り、レシピは初めからありません。その理由も、春瀬さんには分かってるってことですよね」

「おおよその見当はついてます」

本当に話してもいいのかと尋ねる壱弥さんに、彼女は静かに頷いた。その目にはもう迷いの色はない。

襟を正してから、壱弥さんはそよ子さんへと向き直る。そして、ファイルに入れていた一枚の紙を差し出すと、静かに告げた。

「まずは、こちらを見ていただけますか」

それは昨日に行った調査の際、椹木先生から受け取った重要な資料である。そこには頭部を撮影した白黒写真が複数並んでいるだけで、患者の名前はおろか説明文のひとつも記載されていない。

そよ子さんは怪訝な表情のまま、それを静かに覗き込む。

「これって、検査の画像？」

「はい。こちらはご主人が入院していた際に撮影した、頭部ＭＲＩ検査の画像です。この薄い灰色の部分が脳の実質で、周囲は骨、間の黒い部分が髄液と呼ばれる水になります」

そのまま私たちの目線を誘導するように、壱弥さんは左手の指先で画像のある部分を示した。

「この部分だけ、周囲よりも白く光っているのが分かるかと思いますが、これは急性期の脳梗塞を示す所見です」

その場所は写真の右下にある。

「ここは脳の左側の角回《かくかい》と呼ばれています」

「これ、左側なんですか？　右にあるのに」

「そうですね。画面の上方が顔側、下方が背中側で、仰向けに寝転んでいるところを足元から見ているイメージです」

簡潔で分かりやすい説明を耳に、私もまたようやくそれを理解する。

「そして、左側の角回やその近傍は、障害されることでゲルストマン症候群という特徴的な病態を示すことでも知られている場所なんですが……」

いわく、ゲルストマン症候群とは「失算」「失書」「左右失認」「手指失認」の四つの主症状を呈する病態のことをいう。しかしそれらが同時に現れることはまれで、ほとんどが一部の症状のみを有する不全型となるらしい。

怜司さんの場合、脳梗塞は左角回のみに限局した小さいものであることからも、不全型のゲルストマン症候群で、「失語症」という言葉の障害を伴わない「失書」の症状があったのではないかと推測されるという。

また、悪性腫瘍の治療中に脳梗塞を起こすことはさして珍しいことではないらしい。

「――つまり、ご主人は脳梗塞の症状によって、文字を書くこと自体が難しい状況にあったんやないかと、僕は考えています」

「普通に話せるのに文字が書けへんって、そんなことあり得るんですか」

「あり得ます。同じ場所の脳梗塞でも症状の程度には個人差がありますが、ご主人と里菜さんが通常通りに会話をしていたのであれば、失語症を伴わない失書があったと考えるのが妥当だと思います」

そよ子さんは目を瞬かせた。

その説明は確かに納得のできるものである。しかし、彼はどうしてそのような可能性に思い至ったのだろうか。

いまだに不思議そうな顔を見せるそよ子さんに、壱弥さんは続けていく。

「調査の中で、その可能性を考えた理由はふたつあります。ひとつは、お預かりした書類の中に、急性期脳梗塞に対する脳血管内治療の手術同意書があったことです」

その言葉とともに壱弥さんは私を一瞥した。

脳血管内治療とは、脳の血管病変に対しカテーテルを用いて行う手術のことで、脳梗塞の場合はステントという金属を使って物理的に血栓をかきだす血栓回収術というものが行われるらしい。

しかし、それはすべての脳梗塞に行える手術ではない。血管の閉塞部位や発症して間もないこと、画像上の脳梗塞範囲と臨床症状が一致していないことなど、あらゆる条件に合致した症例のみ実施できるという。

「先にそよ子さんに連絡していた通り、手術同意書を取得した槐木先生という脳外科医に直接話を伺いました。その時にお預かりしたものが、この検査画像です」

つまり、その手術同意書の中に槐木先生の名前が記されていたということだ。

その事実に気が付いたからこそ、彼は自身の心の負担をも厭わず、槐木先生から話を聞くことを選択したのだ。そこには彼の仕事に対する真摯さと、篤実な人柄が表れているように思う。

「そして、もうひとつの理由はお借りしていたこのレシピ帖にあります」

そう言って、壱弥さんは机上に置かれたままのレシピ帖を開いた。そこには変わらず細やかなレシピとともに、温かみのある絵が残されている。

「ご主人が遺したレシピ帖には、いずれにも水彩絵の具と色鉛筆で描かれた絵が添えられています。それは、ご主人が絵を描くことがお好きだったからだと伺いました」

それなのに、怜司さんがレシピを遺すと話した時、そよ子さんに頼んだのは罫線のある小さなノートひとつだけで、絵を描くための色鉛筆やスケッチブックに関しては、依頼すらしなかったのだ。

当然、病状や体力面からも、絵を描くことは厳しい状況にあったのかもしれない。

それでも、新しいケーキを出すたびにイラストカードを制作するほど絵が得意だと話していたことを思えば、絵を描こうとさえしなかったことには小さな違和感を抱く。

「恐らく、そよ子さんにノートを頼むよりも前から、ご主人は文字を書くことができないということを自覚されてたんやと思います。だからこそ、文字を書くということにばかりとらわれ、絵のことにまで意識が届かへんかったんやないでしょうか」

ひとつずつ、確かめるようにゆっくりと紡がれていく事実に、里菜さんはそれを肯定するようにこくりと頷いた。

「たぶん、病気のせいなんやろうな……とは思ってました。父が苦しみながら書いたノートは、今でもうちが持ってます」

しかし、そこに書かれているのは何かを記そうとした形跡ばかりで、ほとんど読むことができないようなものだったそうだ。

それを見て里菜さんは思った。

父の苦しみは、母には知られてはいけない。病気のせいで変わってしまった姿を、見られたくはない。その一心で、彼女はノートを隠すことを選んだのだろう。

ずっと、静かに話を聞いていたそよ子さんが口を開く。

「でも、前にあのケーキ作ってくれたのって、里菜ちゃんやんな……？」

怪訝な声で尋ねるそよ子さんに、里菜さんは気まずそうに頷く。

壱弥さんの推測通り、怜司さんが遺した「思い出のケーキ」のレシピは、本当は初めから存在しないものだった。だとしたら、彼女はどうやってそのケーキを再現したというのだろうか。

真実を話そうとしない彼女に代わって、壱弥さんが続けていく。

「里菜さんが再現したケーキは、そよ子さんの記憶を頼りに、残された他のレシピから試行錯誤を重ね、ようやく完成させたものです。それは里菜さんのご両親を想う心と、積み重ねられた努力の賜物ではないんでしょうか」

その瞬間、里菜さんは今にも泣き出しそうな顔をした。

「なんで、そんなことまで分かるんですか……」

涙声で告げる里菜さんに、壱弥さんはふっとほほえみかける。

「お父様が遺したレシピ帖を見れば、里菜さんがそれを読んで勉強していたということは分かります。そこから里菜さんはお父様のレシピの傾向や特徴を学び、そよ子さんの言う『思い出のケーキ』を再現したんですよね」

そう告げると、壱弥さんは手元のレシピ帖へと目を向けた。

そこにはカラフルな付箋がたくさん貼り付けられていて、それが彼女の努力の形跡であることは今なら容易に分かる。

何度も繰り返し読み込むだけではなく、それを再現したり、アレンジを加えたり、父の面影を大切になぞりながら、さまざまな形で研鑽を重ね続けていたのだろう。

壱弥さんは静かに告げる。

「昨日、もう一度このレシピ帖を見ていた時に思ったんです。お父様が伝えたかったあの六つの数字は、このレシピ帖のページ番号を示してたんかもしれへんって」

驚いた顔で、二人が同時に顔を上げた。

「まずは五です」

壱弥さんはしなやかな指先で、ページをぱらりと捲っていく。

レシピ帖のページ番号として書かれたこの数字は、怜司さんがレシピを書き上げた番号でもあって、ナンバリングの意味をも持っているのだろう。

ページを捲る壱弥さんの手が止まる。

該当のレシピを覗き込んでみると、そこにはシンプルなチョコレートクリームのケーキがあった。ココアスポンジの間には、たっぷりのチョコレートクリームがサンドされ、その上には装飾を施すように丁寧に絞ったクリームと、綺麗な模様の入った板チョコが飾られている。

「次は九——」

続けて現れたのはクラシックショコラという王道のケーキだった。素朴な見た目のチョコレートケーキにはシュガーパウダーと生クリームが添えられ、冬らしい雪景色を映しているようにも見える。そして次の数字にはザッハトルテ、その次には抹茶のオペラ、ケーク・オ・ショコラ、チョコレートブラウニーと続く。

「もしかして、これって……」

そう、独り言のように呟かれた里菜さんの言葉に、壱弥さんは頷いた。

紙に記された数字をひとつずつ辿っていくと、そのすべてがチョコレートを使用したケーキや焼き菓子のレシピを示していることに気付く。そしてその六つのレシピにはすべてに共通する材料がある。

それは、しっとりとした特有の食感を出すために使われる食材で、和と洋を見事に融合させた、バランスを損なわない絶妙な配合になっているのだろう。特に生地が主体であるクラシックショコラや、ケーク・オ・ショコラ、和洋折衷な抹茶のオペラにはその特徴が顕著に表れている。

「お父様は里菜さんに、このレシピの特徴を伝えたかったんやと思います」

それらのレシピが示す通り、チョコレートケーキに混ぜられた「練り餡」によって、あの思い出のケーキの食感は作られているのだ。世の中にはカカオを使った羊羹が人気商品としてもあるように、チョコレートと餡子の相性は良い。

チョコレート本来の風味が薄れてしまわないように、それでいて密度の高いしっとりとした食感を出せるように、趣向を凝らしたものが怜司さんのレシピには存在している。

それは洋菓子を学んでいる里菜さんであれば、すぐに気付くことができるものだったのだろう。そうやって何度も繰り返しレシピ帖を読み込むことで、両親が大切にしていた思い出のケーキを再現するに至ったのだ。

里菜さんは、彼の想いを読み取るかのごとく、レシピ帖に残された文字をそっと指先でなぞった。

「……やっぱり、お父さんはあのケーキのレシピを残したかったんですね」

だからこそ、単に食材を伝えるだけでは無意味だったのだ。

残されたレシピと照らし合わせながら、その配合を導き出さなければならない。そのために、怜司さんは混濁する意識の中で、参考になるであろうレシピの番号を伝えてくれたのだろう。

里菜さんであれば、必ず再現してくれるだろうという希望を込めて。

壱弥さんはそよ子さんへと目を向ける。

「そよ子さんが思っている以上に、里菜さんは成長されています。これは元従業員である新葉さんから伺ったことですが、里菜さんはこの二年間、毎日休むことなく技術を磨くために練習を続けていたそうです。だからこそ、お店のことについても何か思うところがあるんやないでしょうか」

明瞭な声で紡がれる壱弥さんの言葉に、里菜さんはくしゃりと表情を歪ませた。

そよ子さんは隣に座る彼女の手を握る。

「里菜ちゃんが思ってること、お母さんに教えてくれる……？」

寄り添うように正面から見つめるそよ子さんに、里菜さんはゆっくりと話す。

「……レシピのこと、嘘ついてごめんなさい。あのケーキのレシピやったら、ちゃんと手元に残してるし、作ろうと思ったらいつでも作れるよ。でも、あのケーキをお店に並べるんは違うと思うねん」

もちろん、お店を閉めざるを得ない状況で、最後の日に特別なケーキを並べたいというそよ子さんの主張も理解できる。

それでも、お店のケーキを纏めたレシピ帖の中に、思い出のケーキのレシピが残されていなかったのは、ケーキに詰まった思い出を、温かい記憶を、家族だけのものとして心に留めておきたかったからではないか。だとすれば、それをお店で販売してしまうのは何かが違うような気がする。

しかし、その感情を上手く伝えることができなかったゆえに、里菜さんはケーキの再現はできないのだと嘘をついたのだろう。

思い出のケーキをお店に並べたい――そう、純粋な気持ちで願いを抱く母に、どうにかして諦めてもらえるように。

「……そうやったんやね。ごめんね。お父さんのことも、里菜ちゃんの気持ちも、なんも考えんと勝手なことばっかり言うてしもて」

里菜さんは目を伏せたまま首をふった。

滲む涙を指先で拭うそよ子さんを前に、里菜さんは顔を上げる。

「もうひとつ、言い出せへんかったことがあるんやけど……来年から、今手伝いに行ってるお店で正社員として雇ってもらえることになっててん」

その言葉に、そよ子さんは驚いた顔を見せた。

「お父さんのお店はもう閉めるしかないけど、どうにかしてお店の名前だけは残したいって思うねん。そやから、新しいところでしばらく勉強して、今よりももっと腕磨きたいと思ってる。時間はかかるかもしれへんけど、独立できるくらいになったら、うちが絶対にお父さんのお店の名前を継ぐから」

そう言って、彼女は悲しみを振りほどくように明るく笑った。

真っ直ぐに未来を見据えるその瞳には、父から受け取った遺志とともに、家族を想う優しさが宿っているように思った。

○

岩倉を離れ、出町柳駅前から北白川へと戻った私たちは、人気のない少し寂しげな道を歩いていた。彼の手には、帰り際にいただいたフルーツタルトの箱が抱えられている。

気が付くと、冬茜に染まり始めた空には厚い雪雲がかかっていて、見上げた先からふわりと雪が降り始めた。

「——雪降ってきてしもたな」

花びらのように降り注ぐ雪を眺めながら、壱弥さんは独り言のように呟いた。彼の黒髪にはいくらかの雪が積もり始めている。

「私、傘持ってます」

手にしていた鞄から折りたたみ傘を探し出し、足元に向かってばさりと広げる。そして隣を歩く彼に差し出すと、お互いが濡れてしまわないようにほんの少しだけ近くに歩み寄った。

「……おおきに。そういえば、ローの試験結果ってもう出たんやっけ？」

そう、顔色を窺いながら告げられた質問に、私はまだその結果を彼に伝えていなかったことを思い出した。

隣で返事を待つ彼に向かって、私は静かに笑いかける。

「先週に発表があって、合格してました。でも、やっぱり前から両親と話してた通り、四年で学士取ってから進学しようと思います」

「そうか、ちゃんと考えててえらいな。でもまぁ、あんまり無理せんとな」

優しい口調で紡がれる言葉に、仄かな温かさが胸に宿る。同時に胸の奥のほうがきゅっと締め付けられるような小さな苦しさを抱き、私は無意識に足を止めた。

降り続ける大粒の雪が、はみ出した肩や袖にふわりと積もっていく。そのまま前を歩いていく背中に目を向けた時、立ち止まる私に気が付いたのか、壱弥さんもまた振り返りながら柔らかに歩調を緩めた。

「どうしたん、置いてくで」

ゆるりと告げる彼の顔を、私は真っ直ぐに見上げた。琥珀色の瞳が、怪訝に私を覗き込む。それだけで、心臓が強く速く脈打つのが分かった。

迷いながらも、私は口を開く。

「――私、壱弥さんのことが好きです」

声が震えてしまわないように、私は傘を握る手にぎゅっと力を込めた。

「これからもずっと、一緒にいたいです。一緒にいて、壱弥さんのこと支えたいって思ってます」

手は氷のように冷たいはずなのに、顔だけはどんどんと燃えるように熱くなっていくのが分かる。このまま自分の熱によって、溶けて消えてなくなってしまうのではないか。そう思った時、壱弥さんが驚いた様子で目を大きく見張った。

しかし、次にはその視線は足元へと移動する。

「ありがとう」

落ち着いた声で呟く壱弥さんを見て、私は続く言葉を静かに待った。

数十秒の沈黙が流れたあと、やがて覚悟を決めたように彼は顔を上げる。その瞳は正面から私を捉えていて、少しも揺れることはない。

「俺にとっても、ナラは特別な存在やし、大事にしたいと思ってる。……でも、恋愛対象になるかはまた別の話や。俺の方がひとまわり近くも年上やし、おまえをそういうふうには見られへん」

その言葉を耳にした瞬間、押し潰されるようにずしりと心が重くなった。

舞い散る雪は次第に激しさを増して、小さな傘をすり抜けながら私たちのコートやマフラーに、静かに降り積もっていく。

「そう、ですよね……」

「ごめんな」

みじめさでぼやける視界の真ん中で、壱弥さんが少しだけ困ったように眉を寄せたのが分かった。もうこれ以上、彼を悩ませるわけにはいかない。

私は右手で溢れそうになる涙を拭った。

「……急にこんなこと言うてしもて、すみません。ちゃんと聞いてくださってありがとうございます」

「あぁ……」

「もうすぐ家やし、ここからは一人で帰れます」

「そうか」

私は傘を握る手を伸ばし、目を伏せたままの彼に差しかける。そして、できるだけいつも通りに見えるように精一杯に笑った。

「風邪ひいたらあかんし、よかったらこの傘使ってください。返してもらうのはいつでも大丈夫なんで」

「……おおきに。おまえも気ぃつけてな」

そう言って、壱弥さんは左手で傘を受け取ってから、手にしていたケーキの箱を私へと差し出した。

その瞬間、どうしてか突き放されてしまったような気持ちになって、沸き上がる悲しみと零れそうになる涙を必死で堪える。今ここで彼の顔を見てしまったら、きっと堪えられなくなってしまう。泣いてしまったら、もう二度と彼に会えないような気がして、目も合わせられないまま私はそっと両手を伸ばした。

しかし、彼が手を離したその瞬間、箱は私の手からずるりと滑り落ちた。

小さな声とともに、壱弥さんの手が水色の箱を受け止める。代わりに、私の両目からはらりと涙が零れ落ちた。視線が重なり合った直後、彼はぱっと目を背ける。そして、どこか気まずさを隠しながらも、今度はしっかりと私に箱を握らせた。

「じゃあ、また。ちゃんとあったかくして休みや」

静かな声で、壱弥さんは言った。その優しさが余計に心を苦しくさせる。

別れの言葉を返さなければならない。そう思ったものの、どうしても唇が震えてしまって何も紡ぐことができなかった。

吐息に曇る景色の中で、壱弥さんの背中が離れていくのが見える。

どうしてあんなことを口走ってしまったのだろう。こんな形で終わってしまうのなら、伝えない方がよかったはずだ。ようやく彼を想う自分の心に気付くことができたのに、どうしてもっと、もっと、大切にすることができなかったのだろう。

しんしんと降る雪とともに、後悔ばかりが胸に降り積もっていく。

私は溢れる涙を拭いながら、誰もいない雪道を歩き続けた。

甘酸っぱいフルーツタルトのように、きらきらとした宝石みたいな恋心。それは何よりも尊くて、脆くて、それでいて触れるだけで溶ける雪華のように儚い。

崩れたケーキと同じ、ぐちゃぐちゃになってしまったこの感情は、どうやって元通りに修復すればいいのだろう。

今の私には分からない。

雪中の恋

新年を迎えた京都は、初詣に訪れる人々で賑わいを見せる。

その人出は想像を上まわるもので、八坂《やさか》神社や平安神宮、上賀茂《かみがも》神社、伏見稲荷《ふしみいなり》大社など、京都屈指の有名どころにおいては、本堂で手を合わせるだけでも膨大な時間を費やすことさえ往々にしてあるほどだ。

私もまた、元日の朝に両親や母方の祖父母とともに初詣を済ませたところであり、正月二日目の本日は、一日中暖かい居間でのんびりとテレビを見ながら過ごしていた。

普段であれば遊んでばかりだの、気が緩んでいるだの、すぐに父から指摘が入るものなのだが、新年ばかりは口うるさく言われることもない。むしろ、いつもは多忙な身である父も、この時だけは家族団欒の時間を楽しんでいるようでもあった。

あの日から、彼とは一度も会っていない。

気が付けばクリスマスも過ぎ去っていて、あっという間に年末も終わり、めでたくも新年を迎えていた。

彼はどのような日々を過ごしているのだろう。仕事に追われ、体調を崩してはいないだろうか。時々簡単なメッセージのやり取りはしているものの、彼の性格からもその文面は簡素なものであり、心の内を読むことができない。それがより一層、心苦しさと不安を感じさせていた。

真冬は驚くほど日照時間が短い。冬至も過ぎ、これから立春に向かって日が長くなっていくとはいえ、午後五時にはもうすっかりと東の空は暗くなっている。

もうすぐ母が夕飯の支度を始める頃だろうか、と思ったところで、机の端に置いていたスマートフォンが大きく振動した。画面を見ると、そこには主計《かずえ》さんの名前が表示されている。前触れもなく彼から着信が入るのは珍しい。

私はソファーから立ち上がり、自室に向かいながら電話に応答した。

○

翌日の朝。電話越しに主計さんと交わした約束通り、私は午前十時に五条坂《ごじょうざか》にある大和路《やまとじ》呉服店へと向かった。

北白川《きたしらかわ》から五条坂までは市バスを乗り継いでいくのが最も簡便である。しかし、清水《きよみず》方面へ向かうバスは満員状態であることが多く、京都に住む人間ならば無意識に避けてしまう移動手段でもあるだろう。ただ、自転車で向かうには少しだけ遠いと感じてしまう距離でもあって、また参詣者の多い清水周辺を走るのは気が引けるどころか、危険さえ伴いかねない。

ゆえに、自宅から出町柳《でまちやなぎ》駅まではいつも通りに自転車で向かい、京阪電車《けいはんでんしゃ》清水五条駅から目的地までは徒歩で行くことを選択した。

事前に伺っていた話によると、大和路呉服店は本日までを正月休暇としているらしい。

いつもとは違って到着した店の正面にはシャッターが下ろされていて、私はあらかじめ主計さんから指定されていた通り、裏手にある自宅の入り口へと回り込み、そこで呼び鈴を鳴らした。

「はいはーい」

軽やかな女声が聞こえると同時に、勢いよく入り口が開く。直後、玄関から軽快に現れたのは、今までに一度も見かけたことのない若い女性だった。彼女は私の姿を捉え、あっと驚くような表情を見せる。

「あ、きみが主計くんの言うてた子やな。……えっと、確か、うーん、ナナちゃん！」

閃いたとでもいうように、彼女は右手の人差し指を立て、満面の笑みで言った。つられてこちらも自然と笑みが零れる。

「ナラです」

「あ、そうそう！　ナラちゃん！　ごめんごめん、人の名前覚えるん苦手でさ」

ぱっちりとした二重瞼の大きな目と柔らかい栗色の髪が、主計さんとよく似た雰囲気を纏っているように思った。

「でも、ナラちゃんってちょっと変わった名前やね。なんでナラちゃんなん？」

「変わってるとはよく言われます。上賀茂神社の『ならの小川』が由来らしくて」

「へぇ～」

彼女はあまり興味がなさそうな様子で返事をした。

ところで、と彼女に名前を尋ねようとしたところで、女性の背後から主計さんが姿を見せる。シンプルな焦げ茶色のニット姿だった。主計さんは女性と話す私を見つけるなり、先の彼女と同じように驚いた顔をする。やはり、二人並ぶと栗色の目と整った顔立ちがよく似ていると思った。

「ナラちゃん、遅くなってごめんな。寒かったやろ」

そう、優しい言葉を告げると同時に、彼は私の隣でにことしている女性に苦い顔を向けた。

「もう、姉さん。寒いから先に家に上がってもらっといてって言うたやろ。僕が案内するから、はい、はい、もう帰って」

手で邪魔者を払いのけるような仕草をした主計さんは、もう一度その女性に冷ややかな視線を送る。

「はーい、またあとでね」

彼女はにやにやと笑みを見せたあと、先ほどと同じ軽やかな足取りで家の中へと姿を消した。主計さんは小さく溜息を零してから、私を誘導するように表の店舗へと向かって歩いていく。

「……さっきの人、主計さんのお姉さんなんですか？」

「うん、四つ上の姉やねん」

「なんとなくですけど、雰囲気は似てますね」

「はは、顔だけは似てるって昔からよう言われるわ。姉の名前は聞いた？」

私は首を横にふった。

「やっぱり、名乗ってへんと思ったわ。あの人、自分が世界の中心やと思ってるから、あんまり人の気持ちとか考えへんくて」

そう、主計さんは苦笑する。

「サワっていう名前やから、一応は覚えておいてあげて」

「サワさん……って、どんな漢字書くんですか？」

「織物の紗《しゃ》っていう字に、平和の和やね。普段はオーストリアに住んでるんやけど、正月やからって昨日から旦那さんと一緒に帰国しててな」

表の通りに出ると、ここに到着した時とは異なって、全面を覆っていたはずのシャッターが完全に開いていることに気付く。きっと訪ねてくる私のために、事前に準備を整えてくれていたのだろう。主計さんは手際よく店舗の施錠を解き、入り口を潜った。

踏み入れた店舗の中は暖房によって調整され、寒すぎないくらいのちょうどよい空気で満たされていた。薄暗い店内に明かりを灯す。

「そういやナラちゃん、ちょっと髪切ったよな」

座敷に着いてから改めて、主計さんは私に視線を向けた。

「はい、年末に少しだけ」

とは言っても、切ったのはたったの数センチ程度であり、毛先を落として整えたといった方が正しい表現かもしれない。そんな微妙な変化に気付いてくれるのも、やはり彼の細やかな性格によるものなのだろうと思う。

「そっか、前髪はいつもより長めなんやね。よう似合ってて可愛いな」

「……ありがとうございます」

さらりと告げられる甘い言葉に、私はなんとなくこそばゆい感覚を抱いた。しかし、そんなことは少しも気に留めていない様子で、彼は私を奥の座敷へと誘導する。

そこには洋服姿の都子《みやこ》さんが待機していて、彼女の周囲には鮮やかな色の振袖や上品な帯、和装小物などが並べられているのが見えた。

「ナラちゃん、久しぶりやね。元気やった？」

「はい、都子さんもお元気ですか」

「もちろん。今日は私のわがままに付き合ってくれておおきにね」

「いえ、声かけてもらえて嬉しかったです」

都子さんはふわりとほほえんだ。

昨日の夕方、主計さんからの電話を受けた際に依頼されたのは、都子さんのために振袖を着てくれないかというものであった。その理由は実に単純である。

ずっと大切にしている振袖を誰かに着てもらいたいと思っていたが、身内も従業員も皆が振袖で身を飾るような年齢ではなく、その望みがなかなか叶えられずにいたというものだ。

元は紗和さんのために誂えたものであるらしいが、当の本人は大学を卒業と同時に異国へと渡り、さらには呉服屋の娘でありながらも着物を一切着ない人であるため、一度も日の目を見ることのないまま箪笥の底に眠っていたという。

「いつか主計にでも着させようかと思ってたんやけど、知らんうちにこんなにも成長してしもたやろ。さすがにこれだけ大きいと身丈も合わへんやろうからね」

「ナラちゃん、ほんまにありがとう。命の恩人やわ」

主計さんは真顔で言った。冗談なのか本気なのかは分からないが、都子さんはにこにことしたままだ。

綺麗な顔立ちだけで言えば似合わないはずがないとも思うが、都子さんの言う通り、中性的な容貌に反して主計さんには上背がある。それに加え、武道を嗜む人でもあるのだから、やはり身体にはそれなりの筋肉があって、女性らしい装いをするのはかなり無理があるのだろう。

そういった経緯で新年早々から振袖を着ることになったのだが、ただ着るだけではもったいないとも思い、主計さんの提案によって、そのまま清水寺《きよみずでら》に出かけようと話していた。

「ほな、僕も向こうで着替えてくるし、終わったら教えてな」

ひらりと手を振ってから、主計さんは座敷の奥へと消えた。

それから和装下着へと着替えたあと、雑談を交えながらも、都子さんの手によってひとつずつ美しい振袖が飾られていく。

都子さんが紗和さんのために誂えたというそれは、松葉色と白の二色を基調とした地色に、牡丹や梅、松葉、手毬などが染められた華やかな京友禅の振袖であった。着付けた際に、身頃や袖に染められた松葉色が重なって、しなやかに伸びる竹のようにも見える面白い仕掛けが施されているらしい。

帯には梅の文様をあしらった白地のものを合わせ、重ね衿と帯揚げはそれぞれ深紅色を置き、半衿は金糸の刺繍が美しい白。帯締めは上品な金色と白色の飾り結びができるものである。それを綻ぶ花のように結び、最後に髪を結い上げたところで、紗和さんがひょっこりと顔を出した。

そして着飾られた私を見るなり、目を輝かせながら黄色い声を上げた。

「あぁもう、ほんま思ってた通りに可愛いわ！　お人形さんみたい！　最高！」

そう、紗和さんは振袖姿の私を愛でるかのごとくふわりと優しく抱き締める。そういった人懐っこいところは都子さんとも少し似ているのだろう。

「これ、紗和さんの振袖なんですよね。貸してくださってありがとうございます」

「あー、ええのええの。私は着物とか絶対に着いひんからさぁ」

その言葉通り、紗和さんは灰色のニットにすらりとしたデニムパンツを穿《は》いていて、手には鮮やかな青色のコートを抱えていた。

「せっかくやねんから、紗和も着てくれたらよかったのに」

「うーん、私はいいわ。そういうのめんどくさいもん」

「でもね、向こうにいたら着物なんて触れる機会もないんやし」

「ないからこそ、私は洋服だけ着られたらいいって思うけどね〜」

軽やかにその身をかわすように、紗和さんは言った。なるほど自由人である。

いつの間にか店の外は大勢の参詣者で賑わっていて、硝子越しでも賑やかな声が聞こえてくる。そのまま、着付けをするための座敷から店舗へと戻ったところで、着物姿の主計さんが待機していることに気が付いた。

その装いは納戸色の色紋付に、同色の羽織と灰鼠《はいねず》の袴を合わせた略礼装で、いつもよりもずっとかっちりとした雰囲気を纏っている。見慣れない整った姿を眺めていると、彼はこちらに目を向けてから、ふわりと柔らかい笑みを浮かべた。

「やっぱり、こういうレトロな組み合わせの方がナラちゃんに似合うと思ったわ」

どうやら、振袖に合わせた帯や小物は主計さんが選んでくれたらしい。同様のことを思ったのか、紗和さんが驚いた声を上げる。

「もしかしてこれ、主計くんが見立てたん？」

「うん、そうやけど」

「えー！　ほんまに主計くんって天才やな！　その渋めの恰好も最高に似合ってるし、さっすが、私の可愛い弟や」

そう言って、両腕を広げて抱きつこうとする紗和さんを、主計さんは半身を引いて華麗に避《よ》けた。

少しだけ不満そうな顔をする紗和さんに、彼は呆れた様子で息をついてから彼女の頭を撫でる。すると、すぐに紗和さんは機嫌を取り戻したのか、うっとりとして主計さんを見上げた。

「もう、主計くんってば、ほんまにお姉ちゃんの扱いが上手いんやから～」

「はいはい。さっきからうるさくてごめんな。姉さん、極度のブラコンやねん。こうやって頭撫でとけば大人しくなるから」

独特すぎる対応方法である。

あまりにも自由奔放な紗和さんに戸惑っていると、唐突に店の奥から歓声を上げるような男性の声が響き、私は驚いて身体を震わせた。直後、見知らぬ男性が駆け足でこちらに向かってくるのが見えた。

「ねぇねぇ、紗和ちゃん！　ぼくの着物も見て！　これ、主計くんに借りてん」

かっこいいやろ、と両手を腰に当てて大きく胸を張る長身の男性に、私はきょとんとして目を瞬かせた。

彼もまた渋い鶯茶の色紋付に亜麻色の袴を召しており、主計さんとは少し違った男性らしさがあってよく似合っている。

「なかなかええ感じやん」

どうやら彼は紗和さんの夫らしい。

赤みのないくすんだ茶髪と、淡い茶色の瞳、日本人とは違うはっきりとした顔立ちから想像する限り、彼女が滞在しているオーストリアで出会った男性なのだろう。名前はベルンハルトさんといい、周囲からは親しみを込めてベルさんという愛称で呼ばれているそうだ。

「ねぇ主計くん。ぼくらも一緒に初詣行ってもいい？」

「一緒に行くのはいいけど、義兄《にい》さん、その着物絶対に汚さんとってな。そのへんに寝転ぶのも禁止やから」

主計さんの言葉に、私は思わず吹きだしそうになるのを堪えた。いったい、普段からどのような挙動をしているというのだろうか。

はしゃいで乱れたベルさんの衿元を、主計さんがきっちりと直している。本当に個性豊かな夫婦だと一驚していると、直前まで座敷で片付けをしていた都子さんが店舗に顔を出した。

「あら、みんなまだここにおったん？　お昼過ぎたら人増えてくるだけやし、はよ行っておいで」

彼女の忠告に、主計さんはちらりと時計に目を向けた。いつの間にか時刻は午前十一時を過ぎてしまっていて、賑わう外の状況を目にした主計さんは苦い顔をする。

「ほんまやね。はよいこか。二人とも、はぐれたら放って帰るからな」

「はいはーい」

酔っ払いのごとくけらけらと笑いながら、紗和さんはベルさんとともにスマートフォンで記念撮影をしている。その笑った顔でさえもどことなく主計さんと似ているのだから、見ているだけで不思議な気持ちになる。

それから間もなく急かされるがまま呉服屋を出発した私たちは、参詣者に紛れて賑やかな清水道《きよみずみち》を上った。

清水寺は世界文化遺産に登録されている北法相宗《きたほっそうしゅう》の大本山で、西国三十三所観音霊場第十六番札所であることでも知られている。毎年の元日から七日間、清水寺では修正会《しゅしょうえ》という法会が行われ、普段は立ち入ることのできない本堂の内々陣で観音さまを間近で拝むことができるらしい。

本来、五条坂から清水寺までは徒歩十分もかからないはずではあるが、正月ともなれば人出は想像していたよりもずっと多く、押し寄せる人波に流されながらも、倍以上の時間をかけてようやく辿り着いた。

鮮やかな朱塗りの仁王門《におうもん》を抜けて境内を進んでいくと、かの有名な「清水の舞台」が現れる。約十三メートルの高さにも及ぶ舞台は、本堂から張り出すテラスのように造られていて、釘を使用しない懸造《かけづくり》という手法で支えられているらしい。

清水の舞台と聞けば、大半の人が「清水の舞台から飛び降りる」という古いことわざを思い浮かべるかもしれないが、これは願掛けとして舞台から後ろ向きに飛び降りるという風習があったことに由来する。しかし、それによって命を落とす人が後を絶たず、明治五年には京都府によって飛び降り禁止令が出されたそうだ。

そんな小話を聞きながら一時間ほどが経過したところで、ようやく本堂に辿り着き、私たちはそれぞれに手を合わせた。それから、ベルさんが京都のお雑煮がいかに絶品であるかを説いたゆえ皆がお雑煮の口になり、近隣の味噌屋で京白味噌のお雑煮をいただいたあと、午後三時には帰路に就いた。

呉服屋に戻るなり、ふらりと顔を見せた壱弥《いちや》さんと入り口の前で鉢合わせた。

彼は少し大きめのチェスターコートに身を包み、襟元には藍色のマフラーを巻いた暖かそうな装いをしている。寒さを凌いだ結果なのか、手には近くのコーヒースタンドで購入したらしいコーヒーの紙カップが握られていて、それを一口飲んだあと、小さく左手を上げた。

同時に、彼の姿を見つけた紗和さんが、嬉しそうに瞳を明るくしたのが分かった。

「いっくん、久しぶりやね」

「ん。紗和が帰ってきてるって聞いたから、一応は顔見に来たんやけど」

そう言って、壱弥さんはこちらを一瞥した。少し伸びた前髪が、綺麗な琥珀色の目元にかかっている。その隙間から覗く怪訝な視線に、私はなんとなく気まずさを抱きながらも小さく会釈をした。

直後、彼は目線を外してから、ひっそりとした声で主計さんへと尋ねかける。

「なんで、ナラがおるん」

「前から母さんがナラちゃんに振袖着てほしいって言うててな。お願いして着てもらってん。よう似合《にお》てて可愛いやろ。よかったら壱弥兄さんも着物どう？」

「いや、俺はええわ」

店の入り口を開きながら告げる主計さんに、壱弥さんは眉を寄せた。

戻った店舗の中は、変わらずほんのりと暖かい空気で満たされていた。脱いだ青いコートを座敷に放り投げたあと、紗和さんが嬉々として壱弥さんに声をかける。

「なぁいっくん、貴壱《きいち》くんは？」

「あぁ、兄貴なら昨日から実家に帰ってる。たぶん、今日の夕方くらいには戻ってくると思うけど」

「なんやぁ。夕方やったらさすがにうちには寄ってくれへんよな。貴依《きえ》ちゃんにも会いたかったのに～」

そう、返答を聞いた紗和さんはがっくりと肩を落とした。どうやら彼女は今回の帰国に際し、貴壱さんやその家族に会えることを心待ちにしていたらしい。

壱弥さんは店のレジカウンターに飲みかけのコーヒーを置いてから、首元に巻き付けていたマフラーを解いていく。

「そんな貴依と仲良かったっけ？」

「それがね～実は仲ええんよなぁ。月一で通話してるくらいにはね」

得意げに胸を張る紗和さんに、壱弥さんがふんと鼻で笑った。

「確かに気ぃ合いそうやもんな。お前も小学生並みのテンションやし」

「それってもしかして、若々しいって褒めてくれてる？」

「褒めてへんわ」

壱弥さんが速やかに突っ込みを入れた。皮肉の意図が伝わらず、彼はどこか不満げな顔を見せたものの、紗和さんは気にも留めず軽快に続けていく。

「貴依ちゃん、ほんま最高に可愛いんやで。律己《りつき》くんは貴壱くんに似てるから将来有望やし。まぁ、そもそも貴壱くんの子供が可愛くないわけないんやけどさ〜。あ、これ一口ちょーだい」

そう言って、紗和さんはレジカウンターに置いていた紙カップを手に取った。相槌を打ちながら壱弥さんは視線を流す。

「相変わらず、兄貴のことは好きやねんな」

「貴壱くんは私の初恋やしね。あんなかっこいい人、他にいいひんもん」

「……それ、ベルの前で言うなよ」

「あ〜それなら大丈夫。ベルには元から『あんたは二番目やから』って言うてるし」

そう、ひらひらと手を振りながらコーヒーを味わう紗和さんに、壱弥さんは「ひどい奴やな」と呆れて肩をすくめた。

それでもなお、紗和さんはけらけらと笑っている。

「っていうか、いっくんもはよ結婚したらええのに。貴壱くんは二人も子供おるのにさ、いっくんは結婚相手どころか彼女もいいひんのやろ？　やっぱり顔が良くても中身があれやから？　彼氏にはいいけど、旦那にはしたくないタイプっていうかさ〜」

「ほっとけ」

と、壱弥さんは鬱陶しいと言わんばかりの形相で言い返した。紗和さんはにんまりとする。

「ほんまに、無駄に顔だけはいいのになぁ」

「お前も、人のこと言えへんやろ」

「私は顔も中身も可愛いもん」

「どこがやねん」

失笑する壱弥さんの態度を前に、紗和さんはむっとした顔を見せた。

二人の言い争いに困惑していると、背後から主計さんが私に声をかける。はっとして振り返ると、彼は座敷に腰を下ろしたまま小さく手招きをしていた。

「あんなんほっとき。しょうもないことしか言うてへんし」

確かに、意識を集中させてまで聞くほどのものではないどころか、むしろ聞いてはいけない会話のような気さえもする。

彼の隣に座ってから尋ねかける。

「二人って、いつもあんな感じなんですか？」

「んー、まぁそうやね。顔合わせるたびにいがみあってるわ。昔から、仲ええんか悪いんかよう分からへんし」

とは言うものの、壱弥さんの姿を見つけた瞬間の彼女の表情を見れば、決して邪険に思っているわけではないということは分かる。むしろ、そういった冗談を交わし合える旧知の仲であるとも言えるのかもしれない。

記憶が正しければ、兄弟の亡くなったご両親と都子さんは学生時代からの同級生で、非常に仲がよかったと聞いたはずだ。親同士が親しかったのであれば、当然二人にも幼い頃から面識があって、一緒に遊んだり、出かけたりすることも多かったと想像できる。だとすればやはり、喧嘩するほど仲がいい、思う仲の小諍《こいさか》い、といった言葉が正しいのではないだろうか。

いまだにくだらない因縁をつけ合う二人を前に、主計さんが呆れた様子で小さな溜息をついた。いよいよ仲介に入ろうとしたところで、いつの間にか席を外していたベルさんが、店舗の奥から軽やかな足取りで舞い戻ってくる。

「なぁなぁ主計くん。ちょっと見てほしいものがあるんやけど」

その声に目を向けると、ベルさんは抱えていた少し大きめの箱を座敷に置いた。

やや古びた桐箱の上には、かすれた墨で「四季花小禽《しきはなしょうきん》」と記されている。

「……これは？」

主計さんが尋ねる。

「骨董屋で譲ってもらった掛け軸やねん。前から取り置きをお願いしてて、今朝引き取りに行ってきたばっかりなんやけど」

弾む心を隠しきれない様子で、ベルさんは座敷の上で桐箱の蓋を開けた。

二人の傍らからそっと覗き込んでみると、中には薄紙に包まれた三幅の掛け軸が収められているのが見える。三幅それぞれの作品にも外題があるのだろう。外した蓋の内側には「月下《げっか》に千代松《ちよまつ》」「竹《たけ》に雀《すずめ》」「紅梅《こうばい》に鶯《うぐいす》」とあって、作者と思われる人物の署名の下には朱色の捺印が施されていた。

「――歳寒三友《さいかんさんゆう》図か。正月らしいね」

主計さんが静かに言った。

歳寒三友とは、いわゆる「松竹梅」のことである。

その言葉を聞いたベルさんは、にんまりと怪しい笑みを浮かべる。

「やっぱり、主計くんならそう言うと思ったよ。中もちゃんと見てみて」

ベルさんに促され、主計さんは怪訝な表情のまま薄紙に包まれた掛け軸を取り出した。

そして丁寧に掛け軸の巻緒《まきお》を解き、巻紙を除いてからゆっくりと広げていく。

現れたのは、精緻な線で描かれた美しい紅梅と、愛らしい鶯だった。

「綺麗な絵ですけど、特別変わったところはないみたいですね」

「うん、そうやね」

私が告げると、主計さんもまた首を捻った。残りの二幅へと手を伸ばす。

続けて姿を見せたのは、真っ直ぐに伸びる青竹と飛び立つ雀が描かれたものであった。

静と動の対比が表現された絵には、生命の瑞々しさが宿っている。そのまま最後の一幅に目を向けると、そこには薄墨で表現された素朴な月と、柔らかい光に照らされる菊花の姿があった。

「あぁ、なるほど。松じゃなくて菊ってことか……」

呟きながら腕を組む主計さんに、ベルさんがはつらつとした声で問いかける。

「ね、不思議やろ？　外題は『月下に千代松』やのに、図柄は『菊と満月』で、一幅だけ外題と図柄が合ってへんねん」

無垢な子供のように目を輝かせるベルさんを見て、主計さんはくすりと笑った。

もう一度掛け軸に視線を戻す。

やはり「月下に千代松」という外題とは異なり、外隈《そとぐま》によって浮き出たように描かれる満月の下には、松ではなく菊の花が描かれている。また、月光に照らされる菊の葉には特徴的な滲みの表現があって、それは俵屋《たわらや》宗達《そうたつ》や尾形光琳《おがたこうりん》など、江戸時代に活躍した「琳《りん》派《ぱ》」と呼ばれる絵師を中心に用いられた日本独自の技法であるらしい。

「えー、なになに？　なんか面白い話？」

二人のやり取りに気付いたのか、紗和さんが離れた場所から揚々とやってくる。そして広げられた三幅の掛け軸に目を向けた途端、露骨に眉を寄せた。

「げ、またこういうやつ見てるん。あんたらほんまに趣味悪いわ～」

ひらひらと手を振りながら踵を返す紗和さんを、ベルさんが慌てて呼び止める。

「紗和ちゃん！　日本の美しき文化を馬鹿にしたらあかんで！　なぁ、主計くん！」

「うん。まぁ、日本文化っていうか、元は大陸文化やけどな」

鋭い指摘を受けて、ベルさんは両手で顔を覆いながらしくしくと泣き真似をした。

「いじわる姉弟《きょうだい》こわいよぉ……」

愛嬌のある彼の姿に、易々と突き放すこともできないのだろう。やれやれと、呆れた様子で紗和さんが告げる。

「別に馬鹿にはしてへんけどね。ベルが大学でこういうの研究してるのも知ってるし、好きなものを仕事にできるっていう点では尊敬してる。でもまぁ、人の好みはそれぞれやから私にはその良さを理解できひんってだけで」

彼女の言う通り、古いものや文化、歴史、そういった類のものに一切の興味を示さない人も世の中にはごまんといるだろう。無理に関心を寄せる必要はないとはいえ、京都の街にある神社仏閣や歴史的建造物、文化や自然など、そういった古きものを大切に扱う心だけは捨てないでほしいと心から願う。きっと街を訪ねるひとりひとりがその心を忘れないだけで、未来にある姿は大きく変化するのではないだろうか。

座敷に目を向けると、変わらず主計さんが掛け軸を眺めながら首を捻っていて、その隣には壱弥さんがスマートフォンを片手に暇を持て余しているのが見える。

「なぁ、壱弥兄さんはなんでやと思う？」

彼の問いかけに、壱弥さんはふわりと顔を上げた。

「さぁな。まったく興味はないけど、箱と中身がおうてへんというか、一幅だけ他のものと入れ替わってる可能性はないんか」

「残念ながら、掛け軸の裏の外題にも書かれてるから間違いじゃないみたいやね」

そう言って、主計さんは菊の絵が描かれた掛け軸の上部を捲った。確かに、掛け軸の裏側にあたる場所に、外題が書かれた和紙が貼り付けられている。その筆跡は共箱に記されたものと同じであり、掛け軸の作者が自ら添えたものであることは容易に分かる。

「あ、そう。ほんで、この掛け軸の作者って有名な人なんか」

「壱弥、よう聞いてくれた！」

壱弥さんが尋ねたその瞬間、二人の前にベルさんが滑り込んだ。

「「うるさいなぁ」」

と、主計さんと壱弥さんが同時に言った。

「まぁまぁ、そう言わんとぼくの話も聞いてよ」

そうベルさんは咳払いをひとつしてから、得意げに語り出した。

いわく、この作品は池田景雪《いけだけいせつ》という明治時代から昭和初期に活躍した絵師が手掛けたものであるらしい。

特徴的な滲みを表現した技法の通り、琳派を継承する近代絵師ではあるが、彼に関連する文献がほとんど残っていないため、その人物像についてはいまだに謎に包まれている部分が多いという。また作品の流通もあまり多くはないゆえに、この掛け軸自体が希少性の高いものであると思われ、誰かの手に渡ってしまう前にと、ベルさんが自ら買い取ることを決断したそうだ。

三幅一対ということもあり、かなり高額なものだと想像できるが、周囲の心の安寧のためにも詳しい金額については聞かない方が無難だろう。

興奮を隠せないままベルさんが続けていく。

「こんな外題と図柄が合ってへんちぐはぐな作品なんて、他に見たことないやろ。つまり、その謎が解けたら、景雪についての新発見があるかもしれへんってことやねん。そうしたら、日本美術界にも革命が起きるかもしれへんやろ！」

詰め寄るようにして告げるベルさんに、壱弥さんが眉根を寄せた。

「それで俺に押し付けようとしてるわけか」

「そんないけずなこと言わんと頼むよ、壱弥。今回は滞在期間も短いから自分ではじっくりと調べられへんし、探偵ってこういう謎を解いてくれるもんなんやろ？　もちろん、報酬はちゃんと払うからさ」

ベルさんの言葉を聞いて、壱弥さんは腕を組みながら深く溜息をついた。

「……探偵がなんでも解決できると思うなよ」

「ありがとう！　壱弥なら助けてくれると思ってたよ」

両手を広げて勢いよく抱きつこうとする彼の腕を払いのけてから、壱弥さんはもう一度掛け軸を見る。

「とはいえ、謎の多い絵師の作品なんやろ。明治時代ってことは百年以上も昔に作られたもんやし、何をどう調べたらええんか……ってところやな」

「うん、僕も美術史については詳しくないし、ベル義兄さんも日本文化を研究してるだけで美術史専門とはちゃうからな。他に話を聞けるような人がおったらええんやけど」

困った様子で呟く壱弥さんに、主計さんもまた同様に頭を悩ませた。

現時点で考えられる調査内容はふたつ。ひとつは「池田景雪」という絵師がどのような人物であるのかを調べることで、最低限の情報であればベルさんから聞くことも可能である。そしてもうひとつは掛け軸の入手元を辿り、以前の所有者から背景を導き出すということである。

確か、ベルさんはどこかの骨董屋でこの掛け軸を譲ってもらったのだと話していたはずだ。そこまで考えたところで、私ははっとして顔を上げた。

「あの、話聞ける人やったら心当たりがあります」

ひっそりと右手を挙げて告げると、皆がこちらを振り返った。

○

翌日は振替授業日で、大学が始まる前の最後の休日だった。

生憎の曇り空と変わらない真冬の寒さの中、地下鉄烏丸御池《からすまおいけ》駅で待ち合わせをした私たちは、一番出口から地上に出ると、手元の住所を頼りに目的地を目指して歩いていた。

主計さんによると、掛け軸の持ち主でもあるベルさんは、私用のために本日の早朝から外出をしているという。どうやら今回の帰省にあたって、母国に幼い子供を残して来たようであり、明日には帰国しなければならず、夫婦ともにそれぞれの用事を早急に済ませているらしい。そのため、本日はどうしても調査に赴くことが難しく、代わりに主計さんが同行してくれることになったという経緯だった。

主計さんの手には、七宝柄の風呂敷に包まれた共箱が抱えられている。そのすぐ後ろには昨日と同じ暖かそうなマフラーを巻いた壱弥さんがいて、私たちの背中を追いかけるように静かに歩いていた。

ふと思い出したのか、隣を歩く主計さんが私に声をかける。

「ナラちゃん、昨日はありがとう。母さんたちもナラちゃんに会えて喜んではったし、僕も久しぶりにゆっくり話せて嬉しかったよ」

「いえ、こちらこそありがとうございました。初詣も楽しかったです」

ふわりと見上げたその瞬間、着物の時と同じお香のような優しい香りが抜けた。

「よかったらまた遊びに来てな。兄さんと一緒に来てもらってもええし」

そう言って主計さんが振り返ると、壱弥さんは大きな欠伸を零したところだった。

もうお昼も過ぎたというにもかかわらず、彼はいまだにぼんやりとした表情で寝ぼけ眼を擦っている。

「二人とも、よく一緒に出かけたりしてるんやろ？　仲ええもんな」

さらりと告げられた言葉に、ほんの少しだけ、私は言葉を詰まらせた。

「……えっと、最近はあんまり出かけられてないですね。壱弥さんもお仕事で忙しいですし、私も試験とか色々重なってて」

「そうなんや」

意外だというように、主計さんは目を瞬かせた。

変わらず、壱弥さんは何も言わない。じっとりと絡みつくような嫌な空気が汗のように滲んでいく。

これくらいの沈黙なんてよくあることで、いつもなら気に留めるほどのものでもないはずだが、どうしてか今はその些細な時間でさえ気まずさを抱いてしまう。

彼はどう思っているのだろう。本当は私が近くにいることを快く思っていない可能性だってあり得る。こうやって調査に協力しているのもほとんど成り行きで、彼の許可を得たわけでもない。

あの日、身勝手にも私が気持ちを伝えることさえしなければ、こんな空気にはならなかったのだろうか。

悲しみを思い出しながら、私は足元に目線を落とした。

そばを歩く主計さんの歩調が緩む。同時に柔らかく降り注ぐ声にはっとして顔を上げると、横断歩道の先には高倉通《たかくらどおり》と記された辻標《つじしるべ》があった。

高倉通を左折してから北に上がっていくと、ようやく目的地である古美術商が姿を見せる。古い町屋の店先には「早河明《はやかわみょう》 星堂《じょうどう》」と染められた生成り色の暖簾がかけられていて、一面硝子張りの入り口の奥には、大小様々な大きさの陶器や漆器、香炉などの器が並んでいる。

柔らかい橙色の照明が灯る店内に入ると、来店を知らせるチャイムとともに店舗の片隅で読書をしていた男性がふわりと立ち上がった。

「いらっしゃいませ」

落ち着いた声で紡がれる言葉に、私は小さく頭を下げる。同時に、黒縁眼鏡の奥にある切れ長の目がこちらに向けられた。

「鳴海《なるみ》くん、今日は急にごめんね。時間取ってくれてありがとう」

「ううん、年始は結構暇やし大丈夫やで」

そう告げると、彼は手にしていた文庫本を机の上に置いた。そしてそのまま私の背後に立つ二人へと目線を滑らせる。

「はじめまして。僕は高槻《たかつき》さんと同じ大学の友人で、鳴海晴太《せいた》といいます」

彼の挨拶を受けて、二人もまたそれぞれに名前を告げる。すると、鳴海くんは少しだけ驚いた顔を見せた。

「大和路さんって、もしかしてあの老舗の呉服屋の……？」

「うん、そうやで。うちのこと知ってくれてはるんやね」

「店のおつかいで清水の辺りにはよく行くんです。すみません、荷物重いですよね。奥に広いテーブルがあるんで、よかったらそこ使ってください」

「ありがとう」

鳴海くんに誘導されて店舗の奥へと移動すると、主計さんは両腕に抱えていた荷物をテーブルに置いた。そしてゆっくりと丁寧に風呂敷の結び目を解いてから、掛け軸をひとつずつ取り出していく。

その様子を見守っていると、鳴海くんが耳打ちをするように少しだけ私に顔を寄せた。

「……高槻さんってこういう人たちと知り合いなんやね。なんか凄いな」

「え、そうかな」

「うん。春瀬《はるせ》さんって、葵《あおい》ちゃんがよう話してる探偵さんやろ。僕はああいう華やかな人たちとは縁遠いから」

そう言って、鳴海くんはふっとほほえんだ。

何がどのように凄いのかはよく分からないが、縁遠いという言葉はなんとなく理解できる。それくらい、二人が人よりも目立つ華やかな外見であるということなのだろう。

掛け軸を広げ終えた主計さんが鳴海くんに声をかける。

「ナラちゃんからも聞いてくれてるとは思うけど、見てもらってもええかな」

「拝見します」

そう、指先でそっと眼鏡を押し上げてから、鳴海くんは彼の手元を覗き込んだ。

広げられた三幅の掛け軸には、それぞれ植物を主体とした「菊と満月」「竹と雀」「紅梅と鶯」が描かれていて、繊細優美な筆致が目を引く美しい作品である。傍らにある桐で作られた古い共箱には「四季花小禽」と記されており、蓋の内側には作者である池田景雪の署名とともに朱色の捺印が施されている。

「お伺いしてた通り、これは池田景雪の初期の作品ですね」

いわく、署名や使用されている落款《らっかん》の種類からも、この作品は景雪がまだ二十代の頃に手掛けたものであると推測できるらしい。

主計さんが尋ねる。

「真贋《しんがん》についてはどうやろ」

「詳しい鑑定はできひんので安易には言えませんけど、景雪の作品は流通自体が少ないこともあって、贋作もほとんどない傾向にあるんです。共箱もありますし、真作の可能性が高いとは思いますが、そこは入手経路を辿って判断してもらうのが確実ですね。保存状態も申し分ないですし、真作やとしたらかなり貴重なものやと思います」

鳴海くんの的確な返答に、主計さんは小さく頷いてから少し離れた丸テーブルに待機する壱弥さんへと視線を送った。退屈そうに頬杖をついていた彼は、低い声で鳴海くんに尋ねかける。

「池田景雪ってそんな有名な絵師なんか？」

「そうですね。同時代に活躍した雪佳《せっか》ほどの功績は残してないですけど、琳派を継承する近代画家として重要な存在やとは思います」

彼の言う神坂雪佳《かみさか》とは、図案から絵画、装飾芸術など幅広く活躍した京都出身の画家で、本阿弥光悦《ほんあみこうえつ》や尾形光琳に傾倒し、光悦の功績を顕彰する「光悦会」の発起人としても知られる人物である。

話によると、景雪の評価が高まったのは、彼の師にあたる絵師・山本鷹雪《やまもとおうせつ》が没してからのことではあるが、私淑を重ねて発展を遂げた琳派の継承者として重要な人物だと認識されており、近年においてさらなる研究が進められているらしい。ただ、研究対象としての歴史も浅く、ベルさんが話していた通り彼に関する文献自体が少ないということもあって、現時点では謎の多い人物であるとも言われているそうだ。

鳴海くんは静かに続けていく。

「あと、景雪はある華族家のお抱え絵師やったことでも知られてます」

「お抱え絵師……？」

私が聞くと、鳴海くんはいくらか表情を和らげた。

お抱え絵師とは、一般的には江戸時代に幕府や大名に直接仕えた絵師――つまりは御用絵師のことを指す言葉である。しかし、明治時代以降になっても同様の待遇にあった絵師のことをそう呼んでいたようで、景雪の経済的支援をしていたという華族家に、彼の絵が複数枚残されている事実からも、彼もまたそういった立場の絵師であったのではないかと言われているそうだ。

「ちなみに、その華族っていうんは？」

「今泉《いまいずみ》子爵家です」

壱弥さんの言葉に、掛け軸を眺めたまま鳴海くんはさらりと言った。

そんな情報まで把握しているものなのかと素直に驚いていると、口元に手を添えたまま主計さんが怪訝な表情で呟いた。

「……でも、子爵やったら絵師の経済的支援ができるほど裕福やったとは思えへんけど」

主計さんいわく、明治十七年に制定された華族令には、家格や石高、偉勲によって分類される五等爵というものがあって、上から公爵、侯爵、伯爵、子爵、男爵とされているらしい。中でも今泉家に与えられた爵位は第四位の子爵で、経済的に困窮していた公家華族が多いという話だった。

鳴海くんはゆっくりと頷く。

「仰る通りで、今泉家も昭和十年代に入ってから爵位を返上しています。ですが、絵師を抱えてたんは明治から大正初期までの話で、叙爵者の今泉聡文《あきふみ》氏が投資によって潤沢な資産を形成していたことが理由やと推測されます」

要するに、今泉家が没落したのは叙爵者である聡文が当主であった時代ではなく、その子弟に爵位を継承したのちの話ということである。

淡々とした口調で補足する彼に、主計さんは素直に感心しているようだった。

ふたたび、鳴海くんは広げられたままの掛け軸に視線を落とす。

「それよりも、僕が気になるんはこの外題と図柄ですね。外題だけを見れば『歳寒三友』なんでしょうけど……」

鳴海くんは首を捻った。彼の意見は主計さんと同じものである。

テーブルのそばに立つ鳴海くんは、難しい顔で思考を巡らせている。凛とした瞳は真っ直ぐに掛け軸を捉えていて、弓が張りつめたような緊張感が崩れることはない。一方、ひっそりした静けさを纏う主計さんは、一歩離れた場所から鳴海くんの出方を窺っているようだった。

やがて掛け軸から視線を外した鳴海くんが、主計さんへと声をかける。

「例えばですが、松竹梅の『歳寒三友』ではなくて、『四君子《しくんし》』やったって考えるのはどうでしょうか。大和路さんはどう思いますか」

「うん、僕も同じように考えてたよ。もしくは、どちらともとれるようにした作品ってところかな」

「……なるほど。それも一理ありますね」

鳴海くんは納得した様子で首肯したものの、私にはその言葉がよく分からない。話を遮ることに躊躇いを抱きながらも、私は二人に尋ねかける。

「あの、四君子っていうのは……？」

恐る恐る紡いだ私の声に、鳴海くんはふっと相好を崩した。

四君子とは、その名の通り四つの植物を君主に喩えたもので、東洋画における主要な画題のひとつである。春の蘭、夏の竹、秋の菊、冬の梅——その四季を象徴する植物にはそれぞれに気品が備わり、高潔で、まるで君主のようであることからそう呼ばれるようになったそうだ。

静かに耳を傾けていた壱弥さんが口を開く。

「つまり、松も菊も千代見草《ちよみぐさ》ってことか」

「確かに、どちらも長寿を象徴する植物やからね。だからこそ外題も『千代松』なんやろうな」

花の異名を知っているなんて意外だというように、主計さんは壱弥さんに目を向けながらくすりと笑った。

ただ、仮にこの掛け軸が四君子であるのだとすれば、ひとつだけ足りないことにはならないだろうか。そう告げると、鳴海くんは同意した。

「これだけ保存状態がいいと、ひとつだけ紛失したとは考えにくいですね。人の手に渡る時にばらばらになった可能性もありますが」

とはいえ、四幅のうちの一幅だけが別の人の手に渡るなんて、現実的にはあり得るのだろうか。そもそも、作品の主題が「四季花」とされているのに対し、三幅一対の作品であるということにも違和感を覚えるが、四幅一対の作品であるならば、共箱が三幅用で作製されているというのもまたおかしな話である。

いまひとつ噛み合わない矛盾だらけの掛け軸を前に、私もまた思考を巡らせる。

仮に、これが四君子を描いた作品なのだとしたら、「蘭」を描いた掛け軸はどこに消えてしまったのだろうか。

「ほな、次の調査は景雪の作品の中に『蘭』が描かれたものがないか捜すってところで決まりやね。そしたら元が三幅か四幅かも分かるやろうし。それに、捜し物やったら壱弥兄さんの得意分野やからね」

「簡単に言うな。何年前の作品や思てんねん」

軽やかに笑う主計さんに、壱弥さんは渋い顔をした。

昨日にも話していた通り、この掛け軸は百年以上も前に描かれたものであって、変遷を辿るのはかなりの困難を極めるだろう。ましてや失われた一幅がどのようなものであり、誰の手に渡ったのか、詳細を突き止めるのは容易なことではない。そのためにも入手元である骨董屋を訪ねる算段をとっているのだが、前の所有者の情報が明らかになるかどうかさえも怪しい。

それ以前に、「蘭」が描かれた作品なんてどのように捜し出せばいいのだろうか。

迷える子羊に手を差し伸べるかのごとく、鳴海くんが言葉を添える。

「今泉家に詳しい人やったら知ってますし、よかったら話だけでも伺ってみましょうか。うちの大学の、日本美術史の教授さんなんですけど」

その台詞に、壱弥さんが瞳を明るくしたのが分かった。

「美術史の教授ってことは、池田景雪について研究してるってことか」

「いえ、本来は江戸絵画が専門の先生なんですけど、景雪については僕よりも断然詳しいと思います。なんせ、今泉聡文氏の子孫にあたる人なんで」

予想外の返答に、私たちはそれぞれに驚きの声を上げた。

「進展の保証はないですけど、関係者を紹介してもらえる可能性もありますからね。でも僕が一人で行っても仕方ないですし、高槻さんも一緒にっていうのはどうですか」

「もちろん、私は大丈夫やけど……」

傍らの二人に目を向けると、主計さんは面白そうだといわんばかりににっこりとして頷いた。

「そうやね。そっちは現役大学生二人に任せるとして、僕と壱弥兄さんは掛け軸の入手元を調べるって方針でどうやろ」

掛け軸の巻緒を整えながら主計さんが告げると、少しの間を置いてから壱弥さんもまた首を縦にふった。


外に出ると、どんよりとした灰色の雲が空を覆っていた。

古い住宅やオフィスの立ち並ぶ細い路地を、ひんやりとした風が抜けていく。その凍てつく空気に震えながらも、私は鞄にしまっていたマフラーを襟元に巻いて、前を歩く二人についてゆっくりと大通りに向かった。

それから、取り留めのない言葉を交わしながら御池通に戻った私たちは、元来た道を辿って駅を目指して歩いていく。そして地下鉄へと下りる階段の近くに来たところで、壱弥さんは後ろを振り返った。

「悪いんやけど、このあと用事あるし、俺はこのまま事務所に戻るわ」

その言葉に、主計さんが目を瞬かせながら尋ねかける。

「新年早々から仕事?」

「あぁ、まぁな」

「そっか、兄さんも大変やね。頑張ってな」

「おおきに。調査のことはまた連絡するから」

そう主計さんに告げたあと、彼はふわりと私に視線を向けた。戸惑いながらも別れの言葉を告げようとした直後、その視線はふっと逸らされる。

そして軽く左手を上げると、そそくさと踵を返し地下階段へと消えていった。

私は小さな溜息を零す。

次に会えるのはいつになるのだろうか。明日には大学が始業し、ひと月もしないうちに期末試験を迎えることになるのは明白で、本格的に試験対策が始まれば、平日に事務所を訪ねることも難しくなってしまうだろう。それどころか、気まずさを抱いたままでは、今までのように気軽に話をすることさえもできない。

ぼんやりと考えていると、主計さんが私に声をかけた。

「ナラちゃん」

はっとして、私は彼を見る。

「もし急いでへんかったら、ちょっとだけ付き合うてくれへんかな？」

柔らかい声音で紡がれた誘い文句に、私は戸惑いながらもゆっくりと頷いた。

四条河原町《しじょうかわらまち》から東に徒歩数分。木屋町《きやまち》と呼ばれる界隈に、青い光と美しい装飾が印象的なレトロ喫茶があった。

店内には彫刻家が手掛けたという木彫刻がぐるりと壁を囲んでいて、天井から落ちる青い光が、その造形を美しく照らしている。いたるところに施された葡萄の装飾は、ヨーロッパでは豊穣の象徴とされるモチーフで、店舗のデザインはフランスの田舎にある教会をイメージして制作されたそうだ。

案内を受けて二階の窓際の席に着くと、テーブルのメニューカードに目を向ける。そして主計さんは温かいミルクティーを、私はこの喫茶店の看板商品でもあるゼリーポンチを注文した。

「昨日から僕のわがままに付き合ってくれてありがとうね」

「いえ、こちらこそ。主計さんに誘っていただけるのは嬉しいです」

彼はほほえんでから、静かに続けていく。

「……今からちょっと嫌なこと聞くと思うけど、かんにんしてな」

そう言って、栗色の大きな目がゆっくりと私を覗き込んだ。少しの沈黙のあと、主計さんは口を開く。

「ナラちゃん、壱弥兄さんとなんかあった？」

鋭い指摘に、私はどきりとした。

「急に変なこと聞いてごめんな。昨日も思ったんやけど、なんとなく二人とも気まずそうにしてるように見えたし、ちょっと気になってな。答えたくないことやったら無理には話さんでもええから」

「……お気を遣わせてしもてすみません」

主計さんは静かに首を横にふった。続く私の言葉を待っているのか、それ以上何も言わないまま、真っ直ぐにこちらを見つめている。

できるだけ何事もなかったように振る舞っていたつもりではあったが、無意識のうちに態度に出てしまっていたのだろう。

これ以上、彼に気を遣わせるわけにはいかない。

私は膝の上で拳を握り締めたあと、あの日の出来事をゆっくりと主計さんに話した。

すべてを聞き終えた主計さんは、優しい声で呟く。

「そっか、頑張って自分の気持ち伝えたんやね」

彼のしんみりとした声音に、内に秘めていた悲しみがじわりと滲み出した。声が震えてしまわないように、私はぐっと唇を噛みしめる。

「――でも、振られてしもたんです。壱弥さんにも困った顔させてしもたし、ほんまは伝えへん方がよかったんかもしれません……」

言葉とともに、手元に涙が零れ落ちたのが分かった。

その悲しみは雪のようにはらはらと胸に降り積もり、私の瞳を、頬を、冷たく濡らしていく。泣き濡れる私の姿を見てか、主計さんは懐からハンカチを取り出して私に差し出した。

「そんなことはないと思うよ。兄さんもナラちゃんの優しさに救われてた部分はいっぱいあるやろし、ナラちゃんの気持ちが無駄になることなんて絶対にない」

大丈夫、と主計さんは私に向かって柔らかくほほえんだ。

格子の文様が入った織部《おりべ》色のハンカチからは、ほんのりと優しい香りがする。

「それに、壱弥兄さんがナラちゃんを大事に想ってるんは事実やし、大事やからこそ、一定の距離を保たなあかんって考えてるんかもしれへんね。兄さんはちょっと臆病なところもあるから」

はっきりとした言葉に、私は主計さんを見た。

大事だからこそ、距離を保たなければならない――その矛盾した感情は、どこから生まれてくるのだろうか。私にはよく分からない。大切な存在であるのなら、一番近い場所にいてほしいと思うものではないのだろうか。

そう告げると、主計さんはどこか寂しげに笑った。

「……うん。好きな人がそばにいてくれたら幸せなんやろうなって、僕も思うよ」

その時、話を遮るように注文していた品がテーブルに届く。離れていく女性に軽く会釈をしてから、主計さんはしなやかな指先でカップを取り、温かいミルクティーを飲んだ。

窓辺から差し込む光の中で、伏せられた長い睫毛が揺れる。

「これから兄さんとどうやって関わっていくんかは、ナラちゃんが自分の気持ちを優先して考えたらええと思うよ。会うのがつらいって思うんやったら、落ち着くまでしばらく距離を置いてもええやろし」

「……はい」

「無理せんでいいからね」

そう言って、主計さんは静かにカップを置いた。

私は届いたばかりのゼリーポンチに目を向ける。

赤、青、黄色、緑、紫と、透明のグラスの中に閉じ込められた五色のゼリーは、青い光に照らされて、弾けるサイダーの泡とともにきらきらと光っている。フルーツで飾られた宝石箱のようなゼリーポンチは、想像よりもずっと控えめな甘さで、少しだけ大人びた味がした。

○

冬季授業が始まった週末の午後。すべての講義を終えてから、私は鳴海くんに連れられて文学研究科の新館を歩いていた。その目的はもちろん、大学で日本美術史の研究をしているという今泉直優《なおひろ》教授に会いに行くことである。

鳴海くんによると、件の掛け軸について今泉教授に話をしたところ、彼も興味を示してくれたようであり、是非話が聞きたいという返答をいただいたそうだ。しかし、講義の都合によりどうしてもスケジュールが合わず、ようやく確保することができたのが週末のこの時間であった。

時折すれ違う学生グループと軽く言葉を交わしながらも、鳴海くんは迷うことなくどんどんと前に進んでいく。

短い黒髪の横顔と、シンプルな白いシャツに大きめのカーディガンを合わせた装いは普段と変わらない。しかし、先日と異なる点を思い出した私は、もう一度彼に目を向けた。

「そういえば、鳴海くんってバイトの時だけ眼鏡なんやね」

私の言葉に、彼はこちらを一瞥した。

「うん、休みの日はぎりぎりまで寝てるからね。平日でも寝坊した時は眼鏡やけど」

「鳴海くんでも寝坊することあるんや」

「そんなんしょっちゅうやで」

そう、鳴海くんはくすりと笑う。

普段はいかにも世故に長けたような落ち着いた雰囲気を纏ってはいるが、そういった気の抜けたところは普通の男の子らしい。いつか彼が話していた、人見知りであるだけで大人びているわけではないといった主張も、あながち間違いではないのかもしれない。

「あと、僕のことは晴太でいいよ」

「えっ」

さらりと距離を詰められ、私は戸惑いの声を漏らした。

思えば、葵を通して鳴海くんに出会い、言葉を交わすようになってから随分と経つが、二人だけで会うのはこれが初めてであった。もっとも、目指しているのは街のお洒落なカフェなどではなく、美学美術史学の研究室ではあるが。

「えっと……晴太くんは、今泉先生のゼミに入ってるん？」

「ううん、僕は考古学の専修やからゼミは違うよ。でも、面白そうな講義だけは取ってるねん。ナラちゃんは何してるんやっけ」

「私は前期も後期も民法やで」

「それって結構きついやつ？」

「ゼミはそんなにかな。それよりも来月の期末の方が心配っていうか……」

直近の不安要素を思い出し、吐息を漏らすと、鳴海くんはかすかに眉を寄せた。

「法学部の試験ってかなり厳しいらしいもんな。あと一か月しかないやろ。こんなことしとって大丈夫？」

「うん。むしろ気分転換になってちょうどいいねん。缶詰してるのもしんどいし」

気をもませてしまわないようにと、私は彼にほほえみかける。しかし鳴海くんは心配そうにこちらを見ているばかりだった。

今泉教授が在室する研究室に到着すると、私たちは扉を軽く叩いてからゆっくりと中を覗き込んだ。扉の向こうには襟のあるシャツに灰色のニットセーターを着た年配の男性が座っていて、私たちの姿に気が付くなり、物珍しそうな様子で瞳を瞬かせた。

「あぁ、鳴海くんか。待ってたよ」

柔らかく細められる目元には、重ねた年齢を思わせる深い皺が刻みこまれてはいるものの、黒々とした髪と優しい雰囲気のお陰か、伺っていた年齢よりもずっと若く見える。彼の言葉に軽く頭を下げてから、鳴海くんは改めて私を紹介した。

「なんや、法学部の学生さんが来るんは珍しいなぁ」

「よろしくお願いします」

簡単に挨拶を交わし、空いている席に着く。彼の配慮によるものなのか、研究室というにもかかわらず他の学生の姿はどこにもない。

テーブルをいくつか繋ぎ合わせた広いスペースの奥には、大きなロッカーが一面に並んでいて、そこにはこれから開催される美術館や博物館の展覧会のチラシが一枚ずつ丁寧に掲示されている。色彩豊かなそれをひっそりと眺めていると、私の視線を辿ったのか教授はにこりと笑った。

「きみはこういうのに興味ある性質か？」

「はい。実際に行ったことはほとんどないですけど、面白そうやなって思います。先生はこういったものを研究されてるんですよね」

「そうやね。興味があるんやったら、この北斎展はどうやろ。もう少し先の展覧会やけど、小規模やから気楽に見られてええと思うで。それに、あの有名な富嶽三十六景も入れ替えで展示されるみたいやし」

そう言って、今泉教授はマグネットで貼付されていた展覧会のチラシを剥がし、私の前に置いた。どうやらそれは、四月から大阪の美術館で開催されるものらしい。

「よかったらそれ、持って行ってもらってもかまへんよ」

「え、いいんですか」

「あぁ、まだ何枚か持ってたはずやから」

嬉しそうに頷く教授の言葉に甘え、展覧会のチラシをいただくことにした。

ふたたび座席に着いた今泉教授に、鳴海くんは声をかける。

「早速ですが、お伝えしていた掛け軸の写真を見ていただいてもよろしいでしょうか」

教授が頷くのを確認したあと、鳴海くんは黒いリュックの中からタブレットを取り出し、画面を点灯させる。そして例の掛け軸の写真を呼び出すと、それを教授の前にするりと滑らせた。

そこには三幅並んだ掛け軸の写真が表示されている。

「拝借するね」

「共箱の写真もありますので、そちらも一緒に見ていただけるとありがたいです」

その言葉に教授は画面をスワイプし、一枚ずつ写真を確認する。やがて一通りの確認を終えたのか、彼は静かに顔を上げた。

「……確かに、この掛け軸は初めて見ると思うわ。この落款のところ、もう少し拡大できひんやろか」

そう指先で画面を示したまま告げる教授に、彼は別の写真を見せる。もう一度画面を覗き込んだあと、教授は納得した様子で大きく頷いた。

「ありがとう。鳴海くんの言う通り、これは池田景雪の初期の作品である可能性が高そうやね」

「ちなみにですが、真贋については」

「そうやねぇ……実物を見たわけちゃうからはっきりとは言えへんけど、この時代の景雪作品やったら贋作の方が少ないいし、真作やと思ってもええはずやわ。景雪の作品で人気があるんは、いわゆる『雪中春草《せっちゅうはるくさ》』って呼ばれる雪中絵画やからね」

雪中春草――それは、雪景色の中に芽吹く生命を描いた、池田景雪の代名詞とも言える作品群のことを指すらしい。代表作には「雪中紅白梅図」や「雪中桜花図」「雪中椿図」など、先人たちに倣ったと思われる優美な作品が数多く残されているそうだ。

「まぁ、池田景雪と言えば雪中絵画やけど、実は歳寒三友図も景雪が繰り返し描いた題材のひとつでね。うちにも一幅だけ残ってるんやで」

「それは、先生のご自宅にあるってことですか」

驚いた様子で鳴海くんが告げると、今泉教授はゆっくりと頷いた。やはり、美術史を研究する者として、自身も作品蒐集をしているということなのだろう。

同時に小さな疑問を抱き、私もまた続けていく。

「つまり、景雪さんは同じような絵を何枚も描いたってことですか？」

「そうやね。そもそも、絵師が同じ題材を描くことは珍しいことやないからね。同じ外題の絵がいくつも残ってることもあるくらいや。練習だってするし、絵にも流行はある。もちろん当人の好みやってあるやろ」

「確かに……」

「それに、『松竹梅』とか『梅に鶯』『竹に雀』みたいな決まった取り合わせは、縁起のええもんとして昔から広く扱われてきてるやろ。景雪の場合、今泉聡文のお抱え絵師として活動するようになった頃から花鳥図を多く残してることが分かってて、それは今泉家を象徴する『歳寒三友』がきっかけになってるんちゃうかって言われてるねん」

もちろん、彼が師の鷹雪とともに琳派を継承していることは作品の傾向や技法、題材の取り上げ方などから判明していることではあるが、その契機のひとつに今泉家を象徴する「歳寒三友」を描いたことが挙げられるのではないかという話だ。

私は静かに尋ねる。

「でもなんで、今泉家の象徴が『歳寒三友』なんでしょうか」

「あぁ、聡文の息子三人の名前がそれぞれ松竹梅を連想させるものでな。繁栄の意味を込めて聡文がつけたらしいんやけど、そこから今泉家の象徴として言われるようになったんやて」

そう言って、教授はそれぞれの名前を告げた。長男から順番に好文《よしふみ》、竹直《たけなお》、千歳《かずとし》と言うらしい。

どうしてそれが松竹梅を連想させるものなのかと尋ねると、彼はこちらに目を向けてから柔らかくほほえんだ。

「梅の別名って聞いたことあるやろか」

予想外の言葉で返され、私は慌てて思考を巡らせた。

梅といえば、二月の寒い頃から咲き始め、長期間にわたって様々な品種を楽しむことができる花である。京都における梅の名所として知られているのは、天神信仰で名高い北野《きたの》天満宮《てんまんぐう》で、天神さんと聞けば、ほとんどの人が学問の神様として崇められている菅原《すがわらの》道真《みちざね》公を連想することだろう。

そこまで考えたところで私ははっと閃いた。

「もしかして、好文木《こうぶんぼく》……ですか」

それは、「学に親しめば梅開き、疎かにすると梅開かず」という中国の故事が由来となった美称である。

「うん、正解やね」

ほっとして胸を撫でおろすと、傍らで鳴海くんが小さな拍手を送ってくれているのが見えた。

柔らかい物腰のまま、教授は続けていく。

「好文木の異名から長男の好文は梅、次男の竹直はそのまま竹やろ。そしたら、三男の千歳はどうやろ。鳴海くんは分かるかな」

飛び火のように唐突に振られたものの、鳴海くんは一切の動揺を見せない。

「そうですね……千歳之松《せんざいのまつ》が由来ってところでしょうか」

彼の返答を聞いたその瞬間、今泉教授は満足げに頷いた。

「さすがやね。その通り、長寿を表す千歳之松から取って、三男の千歳は松。そのうちの次男の竹直が僕の曽祖父にあたる人物や」

ということはつまり、この三幅の掛け軸もまた、今泉家の息子たちを象徴する作品である可能性が出てくることになる。

同じことを考えたのか、鳴海くんは教授へと声をかける。

「それやったら、今泉家に『蘭』に関連した名前の人物はいませんでしたか。もしかしたらこの三幅はもともと、四君子図やったんちゃうかって考えてるんですが……」

「なるほど、それは面白い見解やね」

そう言って、教授は何やら考え込むように腕を組んだ。

少しの静寂のあと、彼はひっそりと口を開く。

「――ハルっていう、三兄弟の妹として可愛がられてた女性ならいるよ。聡文の妾の連れ子やし、華族としての記録は残ってへんのやけど、三兄弟と並ぶ立場って考えたら彼女くらいしかいいひんやろうね。それに蘭は春に咲く花やから、まったく関係ないってこともないやろ?」

その言葉を耳にした瞬間、私たちは思わず顔を見合わせた。

春を象徴する人物――それも三兄弟に並ぶ女性がいる。だとすればやはり、失われた蘭花図がどこかに存在しているということなのだろうか。

頭を悩ませていると、今泉教授は断りを入れてから静かに席を立った。

しばらくして、研究室の奥にある書庫から一冊の厚いファイルを抱えて戻ってくる。シンプルな灰色の表紙のファイルではあるが、中にはずっしりとした紙の束が綴じられているのが見える。やがてページを捲る手を止めると、教授はそれをゆっくりと私たちの前に差し出した。

「確か、この『春草《はるくさ》に蝶《ちょう》』っていう作品に、蘭の花が描かれてるんやけど」

そう、何かを思い出すように彼は指先で小さな文字をなぞった。

恐らく、現存する作品を一覧にした目録のようなものなのだろう。そこには作者名と作品名、員数や材質、制作年代、所蔵先などが分かりやすく記されている。

「ただ主題にもある通り、蘭花以外の春草も描かれてるわけやから」

「つまり、他の三幅に並ぶような蘭が主体の作品ではないということですかね」

確かめるように告げる鳴海くんに、彼はこくりと頷いた。

「うん。まぁ、そう言いたいところやねんけど、実はちょっとだけ問題のある作品でな」

「問題……ですか」

怪訝な色を交えた声で、鳴海くんは彼の言葉を繰り返す。

「理由は判明してへんのやけど、元の絵の上から別の絵が描き足してある作品やねん。それ自体は華やかで綺麗な春草図なんやけど、元は『雪中蘭花図』なんやないかって言われてる。でも、一度完成した絵にあとから加筆するなんて、よほどの理由がない限りすることじゃないやろ」

教授は難しい顔のまま広げた目録を睨みつけた。

その掛け軸はどのような絵で、どのような想いが込められた作品なのだろう。どこにいけば実物を見ることができるのだろうか。

私はふたたび目録を覗き込み、記載されている掛け軸の所蔵先を確認した。

「あの、この掛け軸の所蔵先なんですが、個人蔵ってことは美術館と違って、所有者の方にお願いしたら実物を見せてもらえるかもしれへんってことですよね」

もちろん、厚かましいお願いであることは理解しているつもりではあるが、教授が持ち主を把握しているのであれば、交渉の余地くらいは残されていないだろうか。そう告げると、彼は顔をしかめた。

「……いや、それはどうやろ。個人って言うても、今は池田の本家にあるはずやから」

「池田って、もしかして池田世雪《せいせつ》さんですか？」

聞き覚えのある音調を耳にして、私は鳴海くんの横顔に目を向けた。同時に、今泉教授が首肯する。

思った通り、世雪さんは池田景雪の曽孫にあたる女性らしい。

しかし彼女は画家ではなく、主に図案家として活動をしているようで、驚くべきことに今泉教授は彼女に対して経済的な支援を行っているそうだ。それは聡文と景雪の関係を彷彿とさせるものではあるが、どうやらそれは利害関係の一致によって結ばれた契約で、一方的に支援を行っているというわけではないという。

要するに、二人は仕事上での協力関係にあたり、教授は金銭を支払ったうえで、池田家に所蔵されている絵画を拝借することができるというものである。

「ちなみに、そのハルっていう女性、三兄弟とはひとまわり以上も歳が離れてたらしいんやけど、若いのにたいそう気立ての良い女性やったらしくてね。のちに景雪の妻になったことでも知られてるねん」

その事実に驚いたのか、鳴海くんは目を見張った。

「えっと、つまり今泉子爵のご令嬢を景雪が娶《めと》ったと……」

「いやいや、そんな大仰な話ではないよ。ハルは華族じゃないし、そもそも記録にすら残ってへん人物やから」

教授は面白いものを見たかのように小さく声を上げて笑った。

当時、華族の婚姻に関しては宮内省が管理を行っていたそうだ。仮にハルが今泉聡文の養子になり、華族令嬢として扱われる立場であったとしたら、ただの絵師である景雪と婚姻を結ぶことすらできなかった可能性もある。

「僕が言いたいのは、『春草に蝶』が池田に残ってるんやったら、それがハルを表す作品である可能性も完全に否定はできひん、ってことやで。とはいえ、仮にそうやったとしても、なんで景雪はわざわざ対を崩すようなことをしたんかって話になるし、理解できひんことばっかりやけどな」

そうですね、と鳴海くんもまた静かに同意した。

「今回の件について、先生から世雪さんに話を通していただくことは難しいんでしょうか」

「それは無理やと思うわ。彼女は少々気の難しい人でな……」

とはいえ、先にも述べた通り二人が契約関係にあるのだとすれば、まったくの他人よりも交渉しやすいのではないだろうか。

しばらく頭を悩ませたあと、今泉教授はそっと席を立った。

窓の外にはうっすらと朱色が広がっている。その柔らかい光を背景に、彼はこちらを振り返る。

「……たぶん、僕から言うても応じてもらえへんと思う。彼女は他人に干渉されるのを嫌う性質やし、景雪に対する興味も敬意もほとんどないような人や。僕も彼女とはそういう話はほとんどしいひん。僕に言えるんは、彼女に会うのはやめといた方がええってことくらいやね。景雪の話題を出そうもんなら、痛い目みるだけやさかい」

そう言って、教授は表情を曇らせた。

その表情には諦めとともに寂しさが隠れているようにも見える。

愛しているものを理解してもらえない。それほど心寂しいことはないのだろう。

「まぁ、直接会うのは難しいかもしれへんけど、この話は僕から彼女の耳に入れとくよ。運が良ければ、掛け軸を借りることくらいやったらできるかもしれへんからね」

先の感情を誤魔化すように、教授はふたたび笑った。


午後四時を過ぎた空は、研究室から見た景色よりもずっと朱色を帯びていて、このまま街を飲み込んでしまうのではないかと思うくらい、遠くにまで広がっていた。そんな禍々しくも美しい空の色を見ていると、どうしてか凍えるような寒さでさえも、清々しくて心地のよいものに思えてくる。

暮れ行く空をぼんやりと見上げていると、コートのポケットの中でスマートフォンが振動した。鳴りやまない振動に慌てて画面を確認すると、そこには壱弥さんの名前が表示されていた。

「電話?」

「うん、ちょっとごめんな」

断りを入れてから、私は彼の電話に応答する。

「はい、ナラです」

「――おつかれ。今、電話大丈夫か？」

久しぶりに聞いた電話越しの優しい声に、無意識に表情が緩むのが分かった。

「大丈夫ですよ。調査の話ですよね」

そう告げると、壱弥さんはふっと吐息を漏らすように小さく笑う。

「あぁ、進捗はどうや。なんか進展はありそうか」

「少しだけですけど、有益な情報は得られたと思います。結果はこのままお伝えした方がいいですか？」

「いや、電話やと長くなるやろ。こっちで調査してたことも共有したいし、ベルとリモートで会議する予定やから、五時くらいに鳴海くんと一緒に事務所に来てもらえたら助かるんやけど」

つまりは、それぞれの調査で得た情報のすり合わせを目的に、リモート会議に参加してほしいということである。言われた内容をそのまま鳴海くんに伝えると、漏れる声を聞いていたのか、彼はすぐにそれを快諾した。

「分かりました。二人で事務所に行きますね」

「おおきに。急で悪いけど、頼むわ」

通話を終えてから、一度は帰路に就こうとしていた私たちは、目的地を変更して東大路《ひがしおおじ》通《どおり》にあるバスの停留場へと向かうことにした。

いまだに胸は高鳴りを覚えたままで、彼のしっとりとした低い声が耳に残っている。

この感情が受け入れられることはない――そう頭では分かっていても、彼に会えることが嬉しいと思う自分がいる。胸に渦巻く罪悪感に、私は小さな溜息を零す。

「ナラちゃん」

唐突に名前を呼ばれ、私ははっとして顔を上げた。同時に冷たい風が吹いて、思わず目を瞑る。視界を遮る髪を手で掻き分けてからもう一度前を見ると、ちょうど鳴海くんが首に巻いていたマフラーを解いたところだった。

正門のそばで佇む彼の背後には、藍色に染まる夜闇が広がっている。

解いた灰色のマフラーを綺麗に整える手先を見つめていると、その手がふわりと頭上へ移動した。直後、首元に柔らかな感触が伝わってくる。

「よかったら使って」

見ると、鳴海くんが私の首元にマフラーをかけてくれていた。

「マフラー持ってへんのやろ。風も冷たなってきたし、冷えたらあかんから」

「え、でも、それやと晴太くんが寒いやろ」

「これくらいの寒さやったら僕は平気やし、大丈夫」

そう言って、彼は茜色に照らされた瞳で真っ直ぐに私を見つめた。その視線に、私は寂しさを見透かされたような気がして狼狽える。

「それなら、お言葉に甘えてお借りします……」

「うん」

変わらない表情のまま頷く彼に、もう一度礼を告げてから私は躊躇いながらもマフラーを首に巻き付けた。様子を窺うように彼を見上げてみても、やはり凛とした表情は変わらず、先ほどまでこちらを向いていたはずの瞳も、今はもう進む先を見つめている。

きっと彼の行為には、善意以外の他意はないのだろう。それでも今は、彼の優しい言葉が、温かさが、心の隙間に入り込んでくるような気がしてならない。

ゆっくりと大通りに向かって足を進めながら、鳴海くんはもう一度口を開く。

「無事に期末終わったらさ、またみんなで息抜きにどっか出かける？　葵ちゃんとか、そのへんのいつものメンバー誘ってさ」

「それいいね」

前向きな返事をすると、ようやく彼の表情が少しだけ変化した。

背後から小枝を踏む音が聞こえたかと思うと、自転車に乗った学生が私たちを追い抜いていく。時計を確認すると、ちょうど四限目が終わり、これから帰宅を目指す学生たちが往来する時間であった。

「この前はごはん食べに行っただけやし、次はなんかできるとええんやけど」

「それなら、学祭の時にやってた謎解きゲームみたいなやつはどうかな。街歩きしながらできるのもあるみたいやし」

それは推理小説研究会――いわゆるミス研と呼ばれるサークルが、外部の団体と共同して催していた周遊型の謎解きである。受付で購入した冊子を片手に、大学構内に散らばる謎を解きながら物語を進めていくというもので、消えた一枚の写真にまつわる謎が、心にしみる感動的な結末を迎えたことを覚えている。

「寄り道しながら楽しめるってことやね。僕はいいけど、葵ちゃんがどうかやな」

「それならたぶん大丈夫やで。学祭の時もめんどくさいって言いながらも、最後は結構楽しそうやったし、まだ答え言うたらあかんってうるさいくらいやったから」

「はは、葵ちゃんらしいな」

私の言葉を聞いて、珍しく彼は声を上げて笑った。

鳴海くんがふと思い出したように告げる。

「ナラちゃんってさ、葵ちゃんと二人でよく出かけるん？」

「うーん、言うほどかな。葵は友達も多いし、気まぐれやから、自分が行きたいところに人を誘って一緒に行くって感じやろ。そのくせこっちが誘っても来てくれへんことも結構あるし」

「あー……分かるわ」

「晴太くんも葵と出かけたりする？」

そっと視線を送ってみるも、彼は表情を変えない。

「うん。右に同じくやけど」

「そういう自由自在なところが葵のいいところではあるけど、晴太くんはちょっと大変やろうね」

「そうかもしれへんね。でも、僕はそういう葵ちゃんが好きやから」

はっきりとした声で紡がれる台詞を耳にして、私は目を瞬かせた。

彼の言葉には一片の曇りもないどころか、むしろ光が煌めくような純粋さがある。

「晴太くんはさ、あかんかもって、不安になることはないん……？」

「あかんって、振られるかもってこと？」

私はこくりと頷く。

「それやったら、ないかな。葵ちゃんが僕のことを友達としてしか見てへんかったとしても、一緒にいてくれる以上、嫌われてはないやろうからね。それやったら僕は、距離を置くよりも好きになってもらえるように努力するよ」

そう、鳴海くんはくすくすと笑っている。その表情には焦る様子などは一切見受けられず、不思議と余裕さえ感じさせる。

彼の言葉はずしりと重くのしかかると同時に、心の奥底に渦巻く不安を和らげてくれるようにも思った。


「急に呼び出して悪かったな」

事務所に踏み入ると、応接用のソファーの真ん中で壱弥さんは小さく左手を上げた。

対面には着物姿の主計さんが静かに座っている。きっと仕事を終えてから、そのままこちらに出向いたのだろう。淡く縞の入った老緑《おいみどり》の長着に優しい柳色の角帯を締め、上から墨色の羽織を重ねている。それがいかにも彼らしい悠揚迫らぬ雰囲気を醸し出しており、傍らで鳴海くんが瞳を輝かせているのが分かった。

壱弥さんに手招かれ、靴のまま事務所へと上がると、ほんのりと暖かい空気が身体を包み込む。その暖かさに、私はマフラーを解きコートを脱いでからゆっくりと壱弥さんの隣に座った。彼の横顔を見上げる。

「……壱弥さんも、なんやかんや言うて身内に甘いですよね」

「まぁ、今さら断られへんし、身内でも正式に依頼受けたからには報酬はちゃんともらうつもりやけどな」

仕事は仕事だ、と壱弥さんはにんまりと笑った。

テーブルには彼が仕事で使用しているノートパソコンが広げられており、その隣にあるもうひとつのスクリーンを手際よく接続していく。そこに調査報告書を表示すると、壱弥さんはようやく顔を上げた。

「とりあえず準備は整ったし、先に軽く調査結果だけでも話しとこか」

私たちと手分けする形で二人が進めていたのは、掛け軸の入手元を辿る調査である。

当初の予定通り、掛け軸の出所である東山の古い骨董屋を訪ねたそうであるが、掛け軸は店主が仲間内から買い取ったもので、結論を述べると、その時点では詳細な経路は判明しなかったという。

しかし、池田景雪についての話を伺った経緯で二人もまた池田世雪の存在を知り、並行して彼女についても調査を進めていたそうだ。それによると、彼女には弟がいるらしい。

二人の話を聞きながらも、私は口を開く。

「池田世雪さんのことは、私たちも今泉教授から伺いました。でも、世雪さんは景雪さんのことをよく思ってはらへんみたいですし、少々気の難しい人らしくて、話を聞くのは難しいかもしれへんって……」

「そうなんか？」

と、壱弥さんが視線を送ると、主計さんは心当たりがないといった様子で首をかたむける。どうやら彼女に関する調査はすべて主計さんに任せていたらしい。

直後、テーブルの上のノートパソコンに通話アプリを経由して着信が入った。

「壱弥、遅くなってごめんやで。コーヒー淹れてたら時間過ぎてたよ〜」

「そんなところやと思ったわ」

呆れた物言いで壱弥さんはこちら側のカメラをオンにした。メインスクリーンでは厚手のニットを着たベルさんがコーヒーを片手に手を振っている。

「主計くんもぼくの代わりにありがとうね。ナラちゃんも久しぶり～」

「お久しぶりです」

「みんなの顔見てたら日本が恋しくなってしまうね」

とはいえ、彼は三日前に帰国したばかりである。

日本とオーストリアの時差は八時間程度であり、画面の向こう側はまだ朝の九時を過ぎたところだろう。だとすれば仕事中ではないのかとも思ったが、どうしてかベルさんはコーヒーを片手に、餡の入った三角形の生八つ橋をのんびりと頬張っていた。

「おや、はじめましての子がいるけど、もしかしてきみが鳴海くん!?」

「鳴海晴太です。掛け軸の持ち主の方……ってことですよね」

「そうそう、掛け軸のこと一緒に調べてくれてありがとう！　ぼくはベルンハルト・フェルカー、ベルって呼んでね」

今にも画面越しに手を取る勢いで迫るベルさんに、鳴海くんは一歩引き気味に会釈をした。葵とはまた異なる明るさを振りまく彼は、初めて巡り合うタイプの人であるのかもしれない。

戸惑う鳴海くんの隣で主計さんが付言する。

「僕の義兄やねんけど、こう見えても一応はウィーンの東アジア研究所に勤めてはる研究者やねんで」

「もう、主計くんは意地悪やなぁ。一応じゃなくて正真正銘の研究者やからね」

口先を尖らせながら、ベルさんは首からさげていた名札をカメラ越しに見せた。大学職員の名札らしいが、画面が不明瞭であり、また記されている文字もドイツ語であるゆえにはっきりとは読めない。

「そうでしたか。でも、なんで専門家が探偵に依頼を？」

「専門って言っても、ぼくは日本文化全般を研究してるってだけで、日本美術史の専門ではないからね。池田景雪についても既存の知識しかないし、貴重な掛け軸が目の前にあったとしてもできることなんかほとんどないやろ。それやったら、ぼくらの凝り固まった頭で考えるよりも、鋭い勘と洞察力を備えた壱弥にお願いした方が新しい発見をしてくれるような気がしてね」

あとは単純に面白そうだから、とベルさんはけらけらと笑った。相も変わらず陽気な人である。

「そろそろ本題に入るけど、収集した情報のすり合わせやっけ」

あぁ、と相槌を打ってから壱弥さんはサブスクリーンに表示していた報告書を画面共有でベルさんに提示する。

「まずは、ベルがこの掛け軸を入手するまでの経路についてやな」

その言葉を合図に、私たちは画面を覗き込みながら、彼の声に耳を傾けた。

元来、この掛け軸は景雪がお抱え絵師として仕えていた頃に描かれたもので、その所有者は今泉聡文である。

今泉家は子爵という階級が示す通り公家華族ではあったが、聡文が投資に明るい人物であることを理由に、公家華族の中では比較的裕福な家であったという。その象徴とも言えるのが、お抱え絵師の存在であった。

一方、対照的に聡文の長男・好文は経済にも投資にもまるで興味がなく、浪費家であったことからも、大正七年に聡文が没してからは、目に見えて財力は痩せ細り、衰退の一途を辿ったそうだ。その過程で、景雪は好文によって解雇となり、その後は師である鷹雪が遺した草庵に移住し絵を描き続けたという。

襲爵した長男・好文の息子たちは、傾く家運を盛り返すべく大学卒業後は速やかに貴族院に入った。特に嫡男の清文《きよふみ》は父に似つかず数多の功績を立てた政治家として名を連ねており、今泉家再建のためにも力を尽くしたそうだ。

件の掛け軸が骨董屋へと流れる前の持ち主は旧家の資産家で、恐らくは清文が今泉家の再建を試みた頃、入札会で今泉家から買い取ったものである。他にも数多くの美術品や骨董を買い取り、昨今まで子から子へと相続されていたという。しかし現当主が早世したことで管理するものがいなくなり、親族が身に余る美術品のほとんどを寄贈、または売却。それが古物として巡りに巡って東山の骨董屋へと流れつき、ベルさんが入手したという道筋であった。

真面目な面持ちで話を聞いていたベルさんが口を開く。

「この入札会の詳細はどこで？」

「あぁ、掛け軸と一緒に売立目録も出まわってたらしくてな。東山の骨董屋から心当たりのある店を聞き出して、譲ってもらってきたんや」

「東京まで行ったもんね。僕は楽しかったけど」

主計さんが告げると、壱弥さんは苦い表情をした。

「靴底すり減らして調査してきたんやから感謝しろよ」

「いやぁ、ほんまに恩に着るわぁ」

得意げな顔をしてから、壱弥さんは該当の資料を画面に表示する。「もくろく」と記された和綴じの表紙に、様々な美術品の写真が並ぶ図録のようなものであった。

見ると、かの掛け軸の写真が三幅綺麗に横並びで掲載されており、写真の隣には池田景雪の名とともに「四季花小禽」と記されている。それは昭和七年にひらかれた入札会「今泉子爵家蔵品入札」の売立目録に残っているもので、掛け軸は三幅一対として出品されているようであった。

もちろん目的は先述の通り、今泉家の再建資金を得るためである。

「つまり、この入札会の時にはもう三幅やったってことですね」

鳴海くんの言葉にベルさんはコーヒーを片手に頷く。

「重要な情報やね。それに昭和七年ってことは、景雪はもう四十七歳や。とっくに名声を獲得してる頃やし、入札額も跳ねたやろうなぁ」

思いを馳せるように呟いたあと、彼は壱弥さんの方へと視線を滑らせた。

「ところで、この池田世雪って人は景雪の血縁者かな」

壱弥さんは首肯する。

世雪は彼女の雅号であり、ややこしくて極まりないが、その本名は池田雪世《ゆきよ》という。

彼女は池田景雪の子孫でありながらも画家ではなく、さらに言うとその父においては筆を握ったことすらもない。それがどう転じたものか、彼女には弟が一人いて、友禅を生業にしているというのだから不思議な巡りあわせである。

姉が図案を描いて、弟が絵を起こし染色を行う。友禅師の苦悩の大半を占める図案の作成を着物の図案家である彼女が担う。ある意味合理的な分業の結果であるとも言えるだろう。

「俺らが聞いたんはそれくらいやけど、入手経路からして、あの掛け軸は真作って判断でええと思ってる」

　異論はない。古物として流れた経緯がこれほどに明瞭ならば、疑う余地もないだろう。壱弥さんは低い声で私たちに尋ねかける。

「今泉教授の反応はどうやったん」

「先生も、恐らく真作やろうってことでした」

　続けて、私は今泉教授から収穫したばかりである三兄弟の情報を伝えた。

　三兄弟とは、叙爵者・今泉聡文の血を分けた三人の息子、好文、竹直、千歳である。彼らの名が、それぞれ松竹梅になぞらえたものであることは先刻知った事実であるが、それが今泉家を象徴するものへと発展し、お抱え絵師であった景雪が複数の歳寒三友図を残す嚆矢《こうし》となっているのではないか。そう教授は話していた。

　私の話を聞いた壱弥さんは考え込みながら手を口元へやった。

「なるほどな。歳寒三友図は聡文氏の息子を象徴するものか……。つまり、失われた蘭花図がほんまに存在するなら、三兄弟と関係のある人物の象徴と捉えるんが妥当やな」

　独り言のような呟きに、鳴海くんが続ける。

「その話でしたらすでに調査済みですね。三兄弟には歳の離れた妹がいて、蘭花図らしい掛け軸が池田家にあるそうです」

　その瞬間、壱弥さんは目を見張った。主計さんもまた顔を上げる。

「妹ってことは、今泉子爵の末の娘ってことか」

「今泉聡文の娘なんて、どこにも記録はなかったと思うけど」

怪訝な面持ちのまま主計さんが告げると、鳴海くんはこくりと頷いた。

「妹とは言いましたが、実際は聡文の妾の連れ子で、今泉家とは一切の血縁関係はなかったようです。ただ、美人で気立ての良い女性やったそうで、三兄弟からも実の妹のように可愛がられていたと聞きます」

「――それは景雪の妻、ハルやね」

画面越しにベルさんが生八つ橋を頬張りながら一笑した。

「さすがです。ハルさんは三兄弟よりも随分若い娘さんやったそうなんで、反対に景雪とは歳が近かったんやないかと思います」

「……そうか、存外簡単に見つかったんやな」

とはいうものの、まだ納得できていない部分があるのか、壱弥さんは何かを考え込んだまま微塵も動かない。そして、いつもと同じように目を閉じたかと思った直後、琥珀色の目がふわりと開き鳴海くんを捉えた。

彼は重々しく口を開く。

「ちなみにさっきの、『蘭花図らしい』っていうんはどういう意味や」

壱弥さんが尋ねると、鳴海くんは目線を持ち上げた。会話の中でさらりと告げたことを指摘され、少しだけ驚いたようであった。

「その池田家に残されている絵についてですが……」

元は「雪中蘭花図」であったと推測されているが、どうしてか他の春草が入れ筆され、「春草に蝶」という外題で保管されている少し特殊なものである。それ自体はとても華やかで、美しい絵ではあるものの、あとから描き足された理由は定かではない。

事情を伝えると、壱弥さんはさらに難しい顔をした。

「……なるほど。つまり、蘭花図のままやと問題があったと考えるべきか……。少なくとも、作品が崩壊するリスクを冒してまで絵を描き足した理由がどこかにあるはずやな」

ベルさんが所有する三幅の掛け軸も、共箱の署名を見る限り、景雪が自ら外題を書き替えたものだと推測できる。そして蘭花図に春草を描き足したのも、恐らくは景雪自身だろう。

元は「四君子」であった掛け軸から「蘭」だけが消失し、残りの三幅が「歳寒三友」として扱われていることを考えると、ハルという女性が何らかの理由をもって今泉家から追放されてしまったとも捉えられかねない。

——なぜ景雪はそんなことをしたのだろうか。

「その、景雪の妻についての詳しい情報がほしいところやな。血縁関係がないとはいえ、今泉家の女性が景雪に嫁いだ経緯も気になるし」

そう言って、壱弥さんは琥珀色の目を画面に向ける。

「ベル、知ってる範囲でいいから彼女の情報を話してくれ」

不意打ちで振られて驚いたのか、ベルさんはきょとんとして目を瞬かせた。そして次には頭を悩ませる。

「うーん……若くして亡くなってるってことくらいしか分からへんかな。前にも話したけど、そもそも景雪に関する記録自体がそれほど多くなくて、一般的には謎の多い人物やって言われてるからね……」

確かに、それについては池田景雪の名が出た時点で話していたことだ。

「ハルに関連するエピソードやと、景雪は妻を愛してなかったとか、淡泊な人やって言われてるってくらいかな」

「淡泊って、なんでや」

「出所は彼の弟子の書状なんやけど――」

いわく、その書状には、ハルさんが亡くなった時でさえ景雪は悲しむ素振りすらも見せず、淡々と作品の制作を続けていたということが書き留められているらしい。それは妻の死をもってしても心を乱さなかったという彼の強さを表しているものではあるが、それがかえって彼の人としての淡泊さを際立たせ、人柄を語るエピソードとして広まってしまったらしい。

「今泉家から解雇を受けた時も速やかに家を去ったとも言われてるし、彼の人柄を語るものがこれくらいしか残されてへんから、そういうイメージが定着してしまったっていうのもあるやろうけどね」

そう、ベルさんは苦笑した。

謎の多い人物と言われているだけに、実際の人物像を知るのは難しいことではあるが、たったそれだけのエピソードで人柄が語られるというのもなんとなくいたたまれない気持ちになってしまう。

少しだけ寂しい気持ちを抱いていると、隣に座る壱弥さんが私の背中に軽く左手を添えた。驚きを悟られないように顔を見上げるも、彼の手はすぐに自身の懐へと戻っていく。その不思議な行動に首を捻っていると、何かに気が付いた様子で主計さんはくすりと笑った。

「景雪の実際の人柄がどうであれ、妻が亡くなっても仕事を優先するような人ってだけで、良い印象にはならへんって僕は思うよ。ね、壱弥兄さん」

確かに、主計さんの意見はもっともである。

同意を求められた壱弥さんは、どこか気まずそうに目を逸らした。

「その辺りの文献としては残ってへんことを、池田雪世さんに直接伺えたらいいんでしょうけど……」

「そうそう、その景雪の子孫さんに話聞けたら早いよね。ね、壱弥？」

私の言葉に、ベルさんが閃いたように両手を打ち合わせた。そして主計さんを真似て、首をかたむけながら壱弥さんへと視線を送っている。

また俺か、といわんばかりに壱弥さんは目を細めて顔を背けた。

画面の向こう側で「ねぇねぇ、壱弥〜」といった声がしきりに聞こえてくる。その口調はゆったりとしていて、どこか憎めない愛らしさがある。そんな調子で頼まれてしまったら、壱弥さんであっても首を横にふるなんてできないだろう。

「そういえば、会議の前に少しだけ話してたんですが、彼女は仕事以外で人に会うことを避けるきらいがあって、僕たちが接触したところで取り合ってもらえるかどうかが問題なんです」

静かに話す鳴海くんに、主計さんがもう一度、今度はふわりとほほえんだ。

「たぶんやけど、そこは心配せんでも大丈夫やで」

「えっ？」

「うちがそこそこ大きい呉服屋なのは知ってるよな」

はっとした鳴海くんを見て、主計さんはこくりと頷く。

「池田雪世さんではないんやけど、弟の理雪《ただゆき》さんと父が知り合いでな」

主計さんの父ということはすなわち大和路呉服店の店主を務める人物で、直接お会いしたことはないが、呉服店の別店舗でもある室町《むろまち》の卸問屋にいることが多いのだと聞いたことがある。卸問屋とは反物を仕入れて販売することを主とした店舗であるため、友禅師である理雪さんと付き合いがあったとしても何らおかしいことではない。

「話を伺うつもりで先に約束だけは取り付けてあるし、掛け軸の件は明日にでも改めて伝えとくわ」

「さっすが主計くんや！」

「僕がっていうよりも父のお陰やけどね」

「ありがとう！　お義父さん！」

ふにゃりと緩んだ笑顔を見せるベルさんに向かって、壱弥さんが幾分か真剣な面持ちで声をかける。

「ひとつ気になってたんやけど、今泉家を象徴する掛け軸の謎を解くってことは、それなりに踏み込んだ事情にいきつく可能性もあるってことやろ。もしも謎を解くことで重大な秘密を暴くことになるんやったら、ベルはどうするつもりや」

「それはわくわくするね」

楽しげに告げたと思った直後、彼は一呼吸を置いてから真剣な顔をした。

いつにない真面目な面持ちを見て、みんながそれぞれに息を呑んだのが分かった。

「――もし本当にそうやったとしたら、ぼくは身を引くつもりではいるよ。秘密を暴くことを目的としてるわけではないからね」

「そうか」

「でも、その秘密が彼らを救うことになり得るものなんやったら、判断は壱弥に任せる。その時はこの掛け軸も彼らに譲ってもいいと思ってるよ。もしかしたらふたつの家を繋ぐ宝物かもしれへんしね」

と、ベルさんは星を飛ばすような綺麗なウインクをした。

「これ以上コレクション増やしたら紗和ちゃんに叱られるっていうのもあるけどさ」

ははは、と朗らかに笑うベルさんに、壱弥さんは声色を和らげて続ける。

「分かった。その時はベルの連絡先だけは伝えとくわ。その方がベルにとっても有益やろうし、あとの処遇は研究者同士で話し合って決めてもらうってことでええやろ」

「ありがとう、壱弥」

少しだけしんみりとした空気を断ち切るかのごとく、ベルさんが声を上げる。

「おっと、そろそろ会議の時間やわ。あとは頼むね。いい報告を待ってるよ。Tsch《チャ》au《オ》!」

そう言って、唐突に通話が切れた。静まり返る空間の中で壱弥さんが眉根を寄せたのが分かった。

「……いや、なんやあの自由人」

「兄さんも大概やろ」

肩を揺らす主計さんを睨んだあと、壱弥さんは寄せた眉を緩め、ノートパソコンを手繰り寄せた。そして新しく得た情報を報告書の中に手早く打ち込んでいく。軽い打鍵音が響く中、鳴海くんが恭しく口を開く。

「少し気がかりなことがあるんですが、世雪さんにはどんな用件やってお伝えされてるんですか」

「見てほしい掛け軸がある、ってことくらいやな。俺らが連絡を取ったのは弟の理雪さんだけやから、彼女がどう思ってはるんかは分からへんのやけど。気がかりっていうんは、彼女が気難しい人やっていう話か」

鳴海くんは静かに首を縦に動かした。

「今泉教授からも掛け軸の件は雪世さんの耳に入れておいてくださるとは言うてはったんですが、景雪の話を持ち出した途端、追い返されても困りますし」

それは、教授が「痛い目を見る」と話していたことに通じている。

「確かに、門前払いは困るな」

「それで、可能なら今泉教授にも同席していただくというのはどうでしょうか。お二人は旧知の仲やといいますし、先生を通しての客人やと分かれば、少なくとも門前払いにはならへんのとちゃうかなと」

的確な指摘に、壱弥さんも納得する。

「ほな、先生には僕からお伝えしておきます。お会いするのはいつですか」

「間は空くけど、来週末の日曜日や。きみも来るか？」

自然な流れで発せられた言葉を受けて、鳴海くんはふっと口元を緩ませた。

「いえ、土日はバイトがあるんで僕は遠慮しておきます」

そうか、と壱弥さんは淡々と告げる。そういった些細な心配りは、彼の人としての温かさを表しているようにも思う。

「日曜の忙しい時に悪いけど、主計はベルの代わりに同伴してくれ。さすがに俺一人で池田の家には行きづらいからな」

「ええよ」

と、主計さんは即答した。

滞りなく話が進んでいく最中、私は改めて自分が中途半端な立場にいることを実感する。仮にも助手という肩書を背負ってはいるが、過去に助手らしく務められたことがあっただろうか。

今日の調査においても、鳴海くんがいたからこそ成果をあげることができたのであって、私自身が何かをしたというわけではない。

だとすればやはり、私が調査に同行することは難しいのだろうか。そう頭を悩ませたものの、思い煩っているだけでは何も解決はしない。

私は少しだけ勇気を出して彼に尋ねかける。

「……私も一緒に行ってもいいですか？」

「あぁ、かまへんけど、無理に来てもらう必要はないと思ってる。助手とはいえ、すべてに同伴してもらう義務はないから」

予想はしていたが、やはり前向きな返事はもらえない。

それどころか、遠まわしに拒絶されているようにも思え、私は視線を手元に落とした。

今は彼の些細な言葉でさえも、心を抉られているようで涙が溢れそうになる。

このまま身を引くことは容易い。むしろ、距離を置いてしまった方が心の安寧を保つためにはいいのかもしれない。

それでも、一度でも彼のそばを離れてしまったら、二度と会えなくなるような気がしてしまう。

彼の過去に触れて、心の痛みを知り、ようやく大切な存在だと気付くことができたのに。前よりも心が離れてしまうのは嫌だ。

好きだからこそ、彼のそばにいたい。

ただそれだけなのに。

零れそうになる涙を堪えながら、私は静かに顔を上げる。その時、心配そうにこちらを見ていた鳴海くんと視線が重なった。同時に、彼が話していたことを思い出す。

自分が苦難の道を進んでいると知ってもなお、彼は「好き」だという気持ちを信じ、その境遇を受け入れていたのだ。彼のように自分の素直な心に従うのであれば、思い悩んで足踏みをすること自体が間違っているのかもしれない。

私は膝の上で拳を握った。

「迷惑じゃなかったら、私も一緒に行かせてください。最後まで見届けたい気持ちもありますけど、それよりも助手として壱弥さんの役に立ちたいんです」

僅かに震える声で告げた私の言葉に、壱弥さんは綺麗な琥珀色の目を瞬かせた。やがてその表情は柔らかくなる。

「……分かった。それならみっちりと働いてもらうわ」

そう言って、彼は目の前のノートパソコンをぱたりと閉じた。

○

右京区太秦《うずまさ》。

京都市内に残る唯一の路面電車である嵐電《らんでん》・太秦広隆寺《うずまさこうりゅうじ》駅で電車を降りた私たちは、事前に聞いていた住所を頼りに住宅街を歩いていた。約束の時刻は午後二時。昨日までの暖かさとはうって変わって、凍えるような真冬の寒さの中、目的地である池田家を目指していく。

改まった仕事の約束であるためか、壱弥さんは濃灰色のスーツ姿で、その上にはシンプルな黒色のコートを纏っていた。

手には東京で購入したというお菓子の紙袋が握られている。それは先方に渡す手土産らしい。

肝心の掛け軸は、隣を歩く主計さんがしっかりと抱えている。主計さんもまた、壱弥さんの仕事スタイルを意識しているのか、襟のあるシャツに茶色のニットを重ね、上からチェック柄のツイードコートを羽織った綺麗な装いであった。軽く持ち上げるようにして整えられた前髪が、彼の端整な顔立ちをより際立たせ、大人らしい服装にもよく似合っている。

いつもと違う二人の雰囲気を前に、私はなんとなく落ち着かない気持ちを抱いていた。

「今日は冷えるね」

ひっそりと横顔を眺めていた私に気が付いたのか、主計さんは小さな声で言った。

「はい、今日は一日中寒いみたいですよ」

「うん。でもナラちゃんのコート、ふわふわであったかそうやね」

彼はこちらを見ながらにこにことしている。

ボルドーカラーのリブニットの上に黒色のジャンパースカートを重ねただけの装いではあるが、中に暖かいインナーを仕込み、上からふんわりとしたボアのコートを着ているので防寒対策はばっちりである。

「意外と軽くてあったかいんですよ。そういえば主計さん、荷物重くないですか」

「大丈夫やで。こう見えても力だけは強いから」

ありがとうと言って、主計さんはもう一度にっこりと笑った。その柔らかい笑顔を見ているとつい忘れてしまうことではあるが、彼は武道に長けた人であり、中でも剣道と合気道においてはそれなりの段位を取得しているという。

いつだったか、真夏も暮に差し掛かった頃、呉服屋で騒動を起こした男性をその身ひとつで取り押さえたという出来事があった。のちに聞いた話ではあるが、事件のあと、彼の母親で呉服屋の女将でもある都子さんに「人の色事に首を突っ込むからだ」と、こっぴどく叱られたらしい。

もちろん、壱弥さんも同罪である。

比較的新しい住宅が並ぶ道を抜けていくと、目的の場所に土壁の和風家屋が姿を見せた。やはり古い住宅なのだろうとも思ったが、敷地を囲む竹垣は綺麗に整えられており、庭先にある立派な松の木を見ると手入れの行き届いた家であることが分かった。

車の通らない私道に入ってから、格子戸の前で呼び鈴を鳴らす。入り口には「池田」と書かれた表札が出されており、戸の上には光を取り込むための欄間があった。

しばしの間を置いて、ようやく格子戸が開く。現れたのは、綺麗な深緑色のワンピースを着た女性だった。きっちりと後ろでひとつに纏めた長い黒髪に、ひんやりとした切れ長の目元が印象的で、一目見ただけで彼女が雪世さん本人であると理解した。

「寒いのに外でお待たせしてしもてすみません。春瀬さんですね」

こちらが丁寧に挨拶をすると、彼女は会釈を返してから「どうぞ」と私たちを自宅へと招き入れた。

事前に伺っていたよりもずっと柔和な対応に、少しばかり落ち着かない心地を抱きながらも、彼らの後ろについて靴を脱ぐ。そして案内を受けた客間に上がると、そこにはすでに今泉教授の姿があった。

彼は座卓の上でノートパソコンを広げ、忙しなくキーボードを叩いている。メールの返信でもしているのだろうか、と思ったが、次には座敷に入る私たちの気配に気が付いたのか、ふわりと顔を上げた。

「今泉先生、先日はお世話になりました。お忙しいところありがとうございます」

ゆっくりと頭を下げると、教授は手を止めてからこちらを注視する。

「あぁ、きみは鳴海くんと一緒に来てくれはった……高槻さんやったかな。鳴海くんから今日の約束のこと聞いて驚いたよ」

「それに関してはすべて主計さんが」

教授は私の隣にいる主計さんへと視線を滑らせた。

「きみが大和路さんところの息子さんか。そりゃあ、大和路さんに頼まれたら彼女も断られへんわな」

「お世話になります。僕はただの付き添いなんで、お気遣いなさらず」

主計さんは教授と挨拶を交わしたあと、勧められるがまま両手に抱えていた掛け軸の箱を座敷に置いた。

直前まで雪世さんとやり取りをしていた壱弥さんが、ようやくこちらにやってくる。

「先生も、よろしければどうぞ」

壱弥さんが差し出したのは、東京で購入したという手土産で、鳴門金時を糖蜜に漬け込んで乾燥させた素朴な芋菓子である。上品な箱入りのパッケージを見て、教授は口元を綻ばせた。

「おおきに。ありがたく頂戴するよ。雪世さんも和菓子の方が好みみたいやし、喜んではったやろ」

「どうですかね。受け取ってはくださりましたけど」

「受け取ってくれたなら喜んでる証拠やわ。彼女、厳しいことははっきりと言わはるわりに、感情表現は苦手やからね」

壱弥さんが苦笑を零すと、教授は朗らかに笑った。

しばらくして、雪世さんが木箱をひとつ抱えて戻ってくる。そして座卓の前でゆっくりと膝を折ると、抱えていたそれを机上に置いた。

「こちらが、言うてはったうちの掛け軸です。私は何も分かりませんけど、それでもよかったらお好きに見てください」

そう言って、雪世さんは木箱を開けた。

蓋の上には「春草に蝶」と墨で書かれていて、内側には署名とともに朱色の捺印が施されている。見たところ、落款もあの三幅とまったく同じものが使われていて、それだけで同年代に制作された作品であると断定できる。

私たちに代わって今泉教授が掛け軸を取り、ゆっくりと丁寧に開いてくれる。やがて座敷に広げられた掛け軸を前にして、私は思わず感嘆の声を漏らした。

「すごい……綺麗な絵ですね」

それは、春という季節に相応しく、明るくて優しい印象のある作品だった。

縦長の画面の下半には様々な春草が描かれ、余白を挟んだ上半には黄色と桃色が混じった可憐な蝶が軽やかに宙を舞っている。とても絵があとから描き足されたものとは思えないくらい自然な纏まりがあって、いずれの花にも温もりを感じるように思った。

ひとつずつ、描かれる春草を紐解いていくと、意外にもその数は多くはない。蘭の花を右端に置いて、それを中心に蒲公英や菫、土筆、桜草、片栗の花が流れるように描かれている。

「僕も初めて見た時は、景雪ってこんな優しい絵も描けるんやなって、感動したんを覚えてるよ。それに、この表装も美しいやろ」

教授が言う通り、表装が絵の印象と綺麗に合致していて、よりいっそう目を惹くように思う。

作品の上下に添えられた一文字は白、それを囲む中廻《ちゅうまわ》しと柱には爽やかな水色の裂《きれ》を置いて、天地は少しくすんだ桃色で飾られている。

桃色というところがいかにも春らしい。

「こっちの掛け軸と、表装もほとんど同じみたいですね」

主計さんの言葉に彼の手元を見ると、ちょうど持ち込んだ三幅の掛け軸を広げ終えたところだった。それらを交互に見比べてみると、天地が渋い茶色である他はまったく同じ裂が使用されているようである。

「ほんまやな。ただ、『春草に蝶』の方だけ天地の色が違うってことは、手を加えた時に表装も直した可能性が高いってことか。これは新しい発見やわ」

どこか嬉しそうに教授は言った。

私たちのやり取りをしっかりと聞きながらも、雪世さんは座卓を挟んだ反対側で静かに正座をしているだけだ。どことなく冷ややかな目は、掛け軸を前に楽しそうに話す教授へと向けられているように思う。

この違和感はなんだろう。

ちらりと壱弥さんを見ると、彼はじっくりと何かを考えながら教授の話を聞いているようだった。教授は告げる。

「そうそう、蘭の花をよく見てみ。ひとつだけ他の花とは違うところがあるから」

そう、言われた通りに覗き込んでみると、蘭花の周囲にだけうっすらと白い縁取りのようなものがあるのが分かる。

「もしかして、これが雪ってことですか」

ひっそりとした声で壱弥さんが尋ねた。

どうやらそれは薄墨を使って積もる雪を表現する技法らしい。また、春草や蝶の周囲には胡粉が吹き付けられ、舞い散る雪が細やかに表現されている。

「あぁ。景雪が雪中絵画を得意としてたことを考慮しても、『春草に蝶』の原形は雪が積もる蘭花の絵やったんやないかっていう説が有力やねん。表装も一致してるし、やっぱり元は『四君子図』やったって考えるのが妥当やろうね。それが何らかの理由で蘭花図だけが池田に渡ったってところか」

今泉教授が告げると、離れた場所にいた雪世さんが少しばかり驚いた顔で声を上げた。

「……といいますと、この掛け軸は景雪の妻・ハルのために描かれたもので、元は今泉の家にあったたってことですか」

「そう考えられると思います」

壱弥さんが首肯した直後、雪世さんは表情を歪ませた。その表情からは嫌悪感がまざまざと伝わってくる。

「つまり、ハルは今泉を追い出された身……なんですね。きっと残りの掛け軸の外題を書き替えたのも、この掛け軸に絵を描き足したのも、すべて彼女の存在をなかったことにするためで……」

やはり、そう捉えられてしまってもおかしくはないだろう。

彼女は続けていく。

「景雪がハルのことを愛してへんかったたっていうんは、ほんまやったんですね。妾の連れ子やったハルを、聡文が無理矢理に嫁がせたんやとしたら、すべて話が合いますから」

彼女の言う、景雪が妻を愛していなかったという話は、彼の人柄を語るエピソードから来ているものだと思われる。そして妻の死に直面してもなお、悲しむ素振りも見せなかったという景雪の人としての冷たさが、雪世さんが彼を軽蔑する最大の要因でもあるのだろう。

子供を宥めるように、教授は彼女へと声をかけた。

「そんなことはないと僕は思うよ。一時はハルを養子に迎える話も出てたらしいし、三兄弟からも家族同然のように可愛がられてたとも言われてるやろ。邪険に扱ってたんやとしたら、そもそも『四君子図』が存在するはずもないやろうから」

彼の言い分も確かではある。しかし、実際にハルが養子として迎えられることはなく、華族令嬢としての記録も残ってはいない。

その理由こそが景雪との婚姻なのだ。

いわく、景雪が師とともに今泉家と関わりを持つことになったのは、彼がまだ二十歳にも満たない頃であったそうだ。そしてハルに出会ったのはその数年後、彼女が連れ子として今泉家に身を置き始めたことがきっかけだったと思われる。

つまり、慣れない環境の中で歳の近い二人が惹かれ合ったのもごく自然のことで、そこにはきっと互いに想い合う心があるはずなのだ。

私は口を開く。

「そうやとしたら、蘭花図だけが池田家に残されてたのも、ハルさんを追い出したわけではなくて、反対に聡文さんが彼女のことを心から大切に想っていたから……というふうには考えられませんか」

聡文がハルを本当の娘のように、三兄弟が妹のように可愛がっていたからこそ、家族の象徴でもあるこの掛け軸を彼女に託したのではないか。

家を離れたとしても、大切に想う家族がそこにいることを忘れないでほしいという願いを込めて。

私の言葉を聞いて、教授は柔らかくほほえんだ。

「うん。僕はそうであってほしいと思うよ」

しかし、雪世さんは鋭い目で教授を睨みつける。

「あなたまで、そんな擁護するようなこと」

棘のある彼女の態度に、教授はやや困った顔を見せた。

「まぁ、景雪が淡泊な人やって言われてるんは確かやし、雪世さんが彼の人柄を軽蔑してるんも理解はできるんやで」

「そうですね。それと同じくらい、あなたのことも軽蔑してるってことも忘れんとってください」

冷たく言い捨てられた台詞を前に、教授は虫の居所が悪いといわんばかりに指先で頭を掻いた。

「……雪世さん、お客さんの前やねんからそういうんは」

「ほら、都合が悪くなったら、またそうやってはぐらかすでしょう。私はあなたのそういうところが」

そこまで言って、雪世さんはぐっと唇を噛みしめ、言葉を呑み込んだ。

気まずさだけが残る空気の中で、壱弥さんは探るような瞳を向けたまま二人のことを見つめている。

「踏み込んだことを伺って申し訳ありませんが、もしかすると、お二人は元々ご夫婦やったんでしょうか」

唐突に告げられた壱弥さんの言葉に、私と主計さんはほぼ同時に顔を上げた。

雪世さんは黙ったまま否定も肯定もしない。

代わりに、今泉教授が苦い表情で口を開く。

「えぇ、お恥ずかしいことに、彼女には愛想尽かされてしもてまして、子供たちがまだ小さい頃に……」

――離婚しているということだ。

夫に大切にされなかった――それが彼女の心に色濃く影を落としている。そこに景雪の人柄を重ね合わせ、景雪だけではなく夫であった教授にまで負の感情を抱いてしまっているのだろう。

しんと静まり返った部屋に、遠くからかすかな雷鳴が聞こえてくる。

いつの間にか外は分厚い雨雲に包まれていて、今にも雨が降り出しそうな空模様に変わっていた。

「ただ、彼女の言う通り離婚に関しては僕に責任がありますし、お互いに納得もしてますから今さらどうこうするつもりもないんです。そやから、僕らの関係のことは気にせんとってください。家族としては上手くいかへんかったけど、仕事仲間としてはそれなりにやっていけてますからね」

教授は少しだけ寂しげにほほえむ。研究室で見た表情と同じものだ。それはきっと雪世さんに対する小さな心の揺らぎでもあるのだろう。だとすれば、彼は心の内に感情を隠したままなのではないだろうか。

言葉とは裏腹な彼女への想いを。

流れる沈黙を破って、壱弥さんが口を開く。

「ずっと違和感があったんです」

それは恐らく、私が抱いた違和感とも共通している。事前に教授から伺っていた雪世さんの性格と、実際に会った時の丁寧な態度、それらの相違が私たちの中に違和感を残していたのだ。

しっかりと身構えていただけに、実際に会った際に受けた彼女の印象は想像していたよりもずっと柔和なもので、訪ねた私たちを門前払いにしてしまうような人ではなかった。それなのに、教授へと向けられる彼女の視線だけが妙に冷ややかで、かけられる言葉も突き放すようなものばかりである。

「それで、今泉教授に対する雪世さんのご様子から、元は夫婦関係にあったんやと想像しました。経済的な支援をされているというのも、そういった事情も含まれているんやないかと」

　彼の言葉を聞いて、教授は「なるほど」と小さく相槌を打った。

「雪世さんが景雪の名前を聞くのを嫌がってたのも、彼のことを軽蔑してることだけが理由じゃなくて、僕の仕事に関係することやから……っていうのもあったんですね。要するに僕にだけ厳しい態度をとってはったってことで……」

「それは、あなたのせいで離婚することになったんやから当然でしょう」

　追い打ちをかけられ、彼は苦笑した。

　不満そうな顔をする雪世さんを前に、壱弥さんは静かに言葉を続けていく。

「先ほども、雪世さんは景雪さんの人柄を軽蔑していると仰っていましたが、景雪さんは決して淡泊な人ではなかったと、僕は思っています」

　突拍子のない話に、皆がそれぞれに彼を見やった。

　壱弥さんは広げられた春色の掛け軸にそっと目を向ける。

「景雪さんがこの掛け軸に絵を描き足したのは、恐らくハルさんが亡くなったことがきっかけです。景雪さんが今泉家から解雇されたのは、妻であるハルさんが亡くなってから数年後のことだと伺いました。その理由は、今泉家が困窮していたから、ですよね」

　何を根拠としているのかは分からない。

教授は静かに頷く。

「そしてハルさんと死別後、景雪さんがこの絵に手を加えたのには、おおよそふたつの理由が考えられます」

皆がそれぞれに注目する中で、壱弥さんはゆっくりと息を継いだ。

「ひとつは絵画自体を守るためです」

絵を守るため、それなのに、作品に手を加えたというのでは少し矛盾しているようにも思える。

「今泉家は聡文さんが亡くなられてから衰退したとは聞きましたが、それよりも以前、具体的には長男の好文さんに家督を譲られてから、すでに財政は困窮していたのではないかと思います。ですから、景雪さんはいつか自分が解雇されることも、自分の作品が売立に出されてしまうことも、うっすらと予見してたんやないでしょうか」

ただそれも明治維新後の近代化の流れを受けた時代の変遷とも言えるもので、師の代から雇われている身である景雪にとっては、抗うことのできない運命でもあったのだろう。

今泉家のために描いた絵が売られてしまうのは構わない。

それでも、どうしても守りたかったもの——それは、ハルが今泉家に来てから描いた「四君子図」だった。

ハルを家族に迎え入れた聡文は、彼女が本当の娘であるかのように接し、同時に彼女を迎える証として「四君子図」を描くように景雪へ依頼した。そしてハルが景雪のもとに嫁ぐ際には、四幅のうちのひとつ「春」の掛け軸を彼女へと持たせた。

先にも述べた通り、その理由は家族としての繋がりを忘れてほしくないといった聡文の心の表れだと考えられる。そんな聡文の鷹揚な人柄に、景雪もまた心から聡文のことを慕っていたのだろう。

しかし、大正七年には聡文が、そしてその二年後の大正九年にはハルが流行病によって命を落とすことになる。それがきっかけだった。

たとえ今泉家が没落し、絵師としての立場を失ったとしても、聡文から受け取った大切な家族の繋がりだけは手放してはいけない。そう思った景雪は、手元に残る「春」の掛け軸が、他の三幅とともに売立に出されてしまわないようにと匿った。

没落華族となれば、四君子という煌びやかな象徴から価値は失われる。それでも、聡文の想いが詰まった絵を無価値なものにはしたくない。だからこそ、彼は温かさに溢れた春草をたくさん描いたのだろう。

妻を失ってもなお作品の制作を続けていたというのは、恐らくはこの掛け軸に手を加えていたからであり、そして涙のひとつも見せなかったというのは、弟子に弱みを晒さないためだったのではないか。

名のある絵師だからこそ、弟子たちの前で弱い心を見せてはいけない。そうやって景雪は妻の死に対する一切の悲しみを隠し、代わりに愛する妻へ枯れない花を手向けたのだろう。

蝶が羽ばたくような爛漫の春《ハル》を慈しみながら。

やがて今泉家は再建のために入札会を複数回にわたってひらき、残りの三幅の掛け軸は資産家の手に渡ることになる。春の欠けた四君子図であってもそれなりの価値を残せるように、景雪は自らの手で外題を変更し、共箱を作り直した。誰の手に渡っても、三幅一対として輝いていられるように。

——ゆえに、この絵は「歳寒三友」であって「四君子」でもある。

静かに話を聞いていた雪世さんが溜息交じりに口を開く。

「それが事実やっていう根拠はあるんですか。そんなん、ただの都合のいい解釈とちゃいますか」

すべてを拒絶するかのような声音だった。

それでもなお、壱弥さんは落ち着いた口調で言葉を返す。

「確かに、これは情報から導き出した推測でしかありません。景雪さん本人に話を伺うことができない以上、真相を確かめることもできません。ですが、景雪さんがハルさんのことを疎ましく思っていたのであれば、わざわざ絵を描き足すことも外題を書き替えることもせずに、処分することだってできたと思います。もう一度、この掛け軸と向き合ってみてください」

そう言って、壱弥さんは座敷に並ぶ掛け軸へと目を向けた。

華族としての誇りを描いた四君子図。それは聡文が愛した四人の子息令嬢のことを表したものである。

寒さを畏れず百花にさきがけて咲く梅の凛々しさが、高潔さを表す「紅梅に鶯」。

真っ直ぐに伸びる青竹の力強さが、何事にも屈することのない節操を表す「竹に雀」。

月下で人知れずに咲く菊の静けさが、富貴や名声への無欲さを表す「月下に千代松」。

そして、眩しい光の中で春草が芽吹き、可憐な蝶が飛ぶ「春草に蝶」。

蘭が幽谷に咲く清楚な花だといわれるように、春の掛け軸も入れ筆される以前はもっとひっそりとしたものだったのだろう。しかし、景雪の手によってたくさんの花が描かれた今は、他にはない温かさが溢れている。

「この絵から感じられる温かさこそが、ハルさんを想う景雪さんの心を表しているとはお思いになりませんか」

柔らかく紡がれる壱弥さんの言葉に、雪世さんがはっとしたのが分かった。

掛け軸を見つめる瞳にはうっすらと涙が滲んでいるようにも見える。

景雪という名前が表すように、「雪」は景雪自身の象徴とも言えるモチーフで、それは他の絵師よりも圧倒的な数の雪中絵画を残していることからも推測できる。

中でも、「雪」と「春草」を組み合わせた「雪中春草」と呼ばれる作品群は、景雪の個性が最も強く表れたものであり、特に中年以降から七十歳で生涯を閉じるまでの間、何度も何度も描き続けた題材であるという。残雪の景色に芽吹く春の花——スプリング・エフェメラルのごとく、その力強さと儚さ、そして花の美しさに景雪は魅了されたのだろうと言われていた。

しかし、雪は景雪自身を、春草は妻であるハルを表したものであると、今ならば素直にそう思う。

きっと妻と過ごした穏やかな日々に思いを馳せながら、彼は沢山の春草を描き続けてきたのだろう。愛しさと悲しさが入り混じるように、彼の作品には雪の残る景色でも、柔らかな春風が抜けるような温かさと心地よさを感じるのだ。

広げられた掛け軸を見つめながら、今泉教授は声をひそめて呟く。

「……つまり、景雪が描いた雪中絵画のほとんどは、妻に対する恋文のようなもんってことですね」

「仰る通り、景雪さんがこの絵に手を加えたもうひとつの理由は、彼女を愛していたからではないかと思います」

それは大切な春を抱き締めるかのごとく。

教授はふっとほほえんだ。

「春を抱き締める雪……それで『雪中春草』ですか。……春瀬さんの言う通り、景雪は僕たちが思ってるよりもずっと一途で、愛情深い人やったんかもしれませんね」

教授の言葉を耳に、壱弥さんは静かに頷いた。

そして、次には雪世さんへと視線を移す。雪世さんは四幅の掛け軸を見つめたまま、呆然としているようであった。

壱弥さんは口を開く。

「先入観にとらわれていると、大切なことにも気付かず、見落としてしまうこともあるかと思います。そういった思い込みのせいで、すれ違ってしまうことだってあり得ます」

彼の目には何が見えているのだろう。正鵠を射る彼の言葉には、恐ろしくも人の心を動かす力があるように思えてならない。

しばらくの沈黙が続いたあと、雪世さんは目に滲ませていた涙をはらりと落とした。

「……私は、先入観にとらわれるばかりで、ほんまに大切なことを見落としてしもてたんでしょうか」

そう、彼女は涙を拭いながら窓の外を見つめた。どんよりとした空からはぽつりぽつりと雨が降り始めている。

その言葉の真意を想像していると、雪世さんは何かを思い返すようにして、ゆっくりと口を開く。やがて静かに語られる昔の話に、私たちはそっと彼女の声に耳を傾けた。

「――幼い頃はずっと、自分が名のある絵師の子孫であることを誇らしく思っていました。父は絵を嗜んではおりませんでしたが、私も弟も、曽祖父のことを意識して、絵の道に進むと心から決めておりました」

幼い頃に描いた夢を抱えたまま、雪世さんは美術を学ぶために大学へ進学し、その頃に日本美術史学を専攻していた今泉教授に出会ったという。同じものが好きで、かつて交流のあった者をそれぞれ先祖に持つと知っただけで、二人は互いに運命的なものを感じ、すぐに交際に至ったそうだ。

しかし、美術史を学びながら「池田景雪」という人物を調べていくうちに、雪世さんは彼の人柄が人として欠落したものであることを知ることになる。

「……曽祖父の人柄について知った時はひどく衝撃を受けたことを覚えています。それと同時に、まるで自分のことを言われてるようにも思えて、恥ずかしくもなったんです。私自身もあまり感情表現が得意ではありませんし、冷たいとか、目つきが怖いって言われることも多かったので」

きっと、自分は景雪のそんなところだけが似てしまったのだ。

そう思うと、彼のような絵の才能を持っていない自分がみじめに思え、どんどんと彼のことが憎らしくなった。そして、かつては誇らしく思っていたはずの景雪のことも、いつからか無意識に蔑むようになってしまったそうだ。

自分は絶対に彼のようにはならないと、雪世さんは画家になる道を諦め、図案家として活動するようになったという。

「それでも、直優さんのことは心から愛していました。優しくて、ユーモアもあって、頭が良くて……彼が今泉聡文の子孫であることは存じておりましたが、彼を愛する気持ちだけは変わらへんって思ったんです」

かすかに震える彼女の声に、教授は目を伏せたまま耳を傾けている。

しかし、二人の幼い子供がいるにもかかわらず、仕事ばかりを優先する教授に不満を抱き、彼を見ているうちに雪世さんは景雪のことを思い出した。やがて小さな不満は彼を憎む心へと変化していく。

このままではきっと、景雪だけでなく彼のことをも恨んでしまう。

そう思った雪世さんは、彼と離婚することを決意したそうだ。子供は雪世さんが引き取ることにはなったが、離婚してからも教授は、子供の誕生日には必ず手紙とともにプレゼントを贈り、必要以上の支援も厭わずに続けてくれていたという。

「……直優さんはずっと、私たち家族のことを大切にしてくれてはったのに。それやのに私は仕事で忙しい夫を労わるでもなく、一方的に責めて、勝手に曽祖父の姿を重ねてしまっていました。……ほんまは気付いてたんです。ひどいのは自分やってことに」

自分の勝手な感情で離婚を決めたことで、子供たちから父親を奪い、夫の人生をめちゃくちゃにしてしまった。全部分かっていたはずなのに、それを認めてしまったら罪悪感に苛まれ、心が耐えられなくなってしまう。

だからずっと、離婚に至ったのは夫のせいなのだと思い込んだ。

悪いのは自分じゃなくて夫だ。そう自分に言い聞かせ、夫に冷たい態度を取り続けたのだ。

「……ごめんなさい。人として一番蔑まれるべきなんは私やのに、ずっとあなたのことばかり責め続けた」

彼女の頬を涙が伝っていく。

「あなたの人生を台無しにしてしもて、どうやって償ったらええんか……」

消え入るような彼女の声に、今泉教授は優しい表情のまま首を横にふった。

「それなら僕も同罪やと思う。きみに離婚を言い渡された時、反論もせずにすぐに受け入れてしもたんやからね。ほんまは仕事も手ぇつかへんくなるくらい落ち込んでたのに、平気なふりして、納得してるって嘘までついて生きてきた。でもほんまは、二十年経った今でも納得なんかしてへん。いつかまた、きみの心が戻ってきてくれるんやないかって、そう思い続けてここまで来てしもたんやで」

お互い様だ、とぎこちなく笑いながらも、教授は震える雪世さんの肩をそっと抱き寄せた。

それでも彼は、雪世さんが自分のことを恨んでいるものだと思い込んでいたそうだ。仕事が忙しくて家庭を顧みることができていなかったのは事実なのだから、彼女が自分のことを許してくれるはずがない。だからこそ教授は自分の気持ちを心の奥にしまい込み、仕事上での関係だけを持ち続けたのだ。

冷たくされてもいい。罵られてもいい。

彼女の元気そうな顔を見られればそれでいい。

そこまでしてでも、教授は雪世さんとの縁を手放すことができなかったのだ。

大切なものを手放してしまった過去はもう取り戻せない。それでも、これからの未来に向けて歩み寄ることならできるはずだ。

雪世さんは滲む涙を指先で拭いながら、傍らで悲しげにほほえむ教授を見上げる。

その表情には変えられない後悔とともに、慈しみの心が溢れているように思った。

○

時折、雪が混ざったような冷たい雪時雨が降り続く中、私たちは池田家を後にして駅へと向かっていた。しかし、雨の勢いはますます激しくなり、ひとまずは雨脚が弱くなってくれるまではと、道すがら見つけた真新しいカフェに入ることになった。

お店の壁は灰色のコンクリートに囲まれていて、一見して無機質で冷たい印象を受けるものの、橙色の照明といたるところに並べられた観葉植物によって、思いのほか温かみが感じられる。

悪天候の影響か、見まわしてみても私たち以外にカフェの利用客はいない。時刻はまだ午後四時前というにもかかわらず、どんよりとした黒い雲のせいで、店の外は日没を過ぎたような薄暗さに包まれていた。

カウンターで注文を済ませてから広いテーブル席に着き、私たちはそれぞれに足を休める。しばらくして届いたクリームラテは、甘くて温かくて、冷えきった身体にじんわりと沁みていくようだった。

「……雨、はやく止むといいですね」

「そうやね」

遠くに見える空を眺めながら零した言葉に、主計さんが柔らかく相槌を打った。その傍らでは壱弥さんがスマートフォンを手に黙々とメッセージを打ち続けている。どうやら、ベルさん宛てに例の掛け軸についての簡単な報告を行っているらしい。

当の掛け軸はというと、「詳しい考証を行いたい」という今泉教授からの申し出により、貸出という形で一時的に彼へと預けることになった。また、今回の調査で発覚した情報やその後の現物の扱いについては、当初の予定通り、ベルさんと今泉教授の判断に委ねる予定である。

そういった事情も含め、早急にメッセージのやり取りを行っているのだろう。

ようやく一段落がついたのか、壱弥さんはスマートフォンをテーブルに置いてから温かいコーヒーを一口飲んだ。

かすかに弱くなる雨音に窓の外へと目を向けた直後、壱弥さんのスマートフォンが鳴り響く。ぱっと画面を覗き込んだ彼は、表示される名前を見て僅かに顔をしかめた。

しかし、すぐに断りを入れてから席を立ち、低い声で電話に応答する。そのまま店舗の外に出ると、軒先にある小さなベンチに腰を下ろしたようだった。

前を見ると、主計さんが静かに抹茶クリームラテを味わっているのが見える。同時に、私は木屋町にあるレトロ喫茶での出来事を思い出した。

あの日も今と同じようにテーブル席に向かい合って座り、二人でひっそりと言葉を交わしながら過ごした。ただ、私が人目もくれずに泣き続けてしまったために、彼の手を煩わせることになってしまったことを覚えている。

「――主計さん、この前は色々と話を聞いてくださってありがとうございました。ご迷惑をおかけしてしもてすみません。これ、お借りしてたハンカチです。あと、よかったらお菓子ももらってください」

そう、私は小さな袋に入れた織部色のハンカチとともに、鞄に忍ばせていたお菓子を差し出した。それは筒状の透明なカップに入ったくるみクッキーで、お店の名前を書いたシールが貼られ、綺麗にラッピングが施されている。

借りたハンカチからはもう、あの時のような優しい香りはしない。

「ありがとう。可愛いお菓子やね」

「家の近くに美味しいケーキ屋さんがあって、そこのクッキーなんです。フルーツタルトとか、モンブランとか、シュークリームも美味しくて」

主計さんは手にしたお菓子を眺めながらほほえんでいる。

素朴な洋菓子を見ているだけなのに、なんて画になるんだろうと思った。それも、いつもよりも大人びた髪型をしているせいなのだろうか。

「大事にいただくね」

そう言って、彼はくるみクッキーを鞄に仕舞った。

「ナラちゃんも、ちょっと元気になったみたいでよかったわ」

「……えっと、その節はお世話になりました。あれから色々と考えてみたんですけど、壱弥さんも今まで通りに接してくれますし……嫌われてるわけではないんかなって思うんです。そやからこのまま諦めるんじゃなくて、いつかちゃんと振り向いてもらえるように、もうちょっと頑張ってみよかなって思ってます」

思っていることをはっきりと口にしただけで、どうしてか無性に恥ずかしくなる。

顔が熱くなるのを感じていると、主計さんは私を真っ直ぐに見つめながらゆっくりと頷いた。

「そっか。ほな、もう心配せんでも大丈夫やね」

「ありがとうございます。これも全部、鳴海くんの受け売りなんですけどね」

そう言って私は苦笑する。

「鳴海くんか。彼はちょっとだけ不思議な子やったね。ちゃんと話したらもっと面白いんやろなって思ったけど」

「鳴海くんも、主計さんのことはすごい褒めてましたよ。華やかでかっこいいって」

その瞬間、主計さんは声を上げて笑った。

「実はな、着物に興味ありそうな目してたし、連絡先交換して長期休暇だけでもうちにバイトしにきてくれへんか声かけてみてん」

「え、そうなんですか」

確かに、事務所で着物姿の主計さんを見た瞬間、目をきらきらと輝かせていたようにも思う。予想通り、鳴海くんは着物への関心を寄せていたようで、主計さんの提案にもすぐに快諾してくれたそうだ。もちろん、ゆくゆくは自装ができるように、主計さんがみっちりと時間をかけて指導を行うつもりらしい。

「最近は店のこと任される機会も多なってきたし、好き勝手やってた今までとは状況が変わってきてるねん。それでも、自分のやりたい仕事は手抜かんとちゃんとやりたいやろ」

彼の言う「自分のやりたい仕事」とは、きっと着物のスタイリストとしての活動のことを指しているのだろう。

ぽつりと零しながら、彼は少しだけ寂しげな顔を見せる。

「それに僕ももうええ歳やし、ほんまは早いところ身を固めたほうがええんやろうな、とも思ってて」

あまりにも突然に現実を突きつけられたような心地がして、私は当惑した。どのように返答するのが正しいのかさえも分からない。

老舗の呉服屋の跡を継ぐ長男ともなると、当人にしか理解できないような苦悩だってあるのだろう。

きっと彼のもとに嫁ぐのであれば、相応の家柄の女性でなければならないはずだ。そういった格式の高い家柄とは縁もゆかりもないため、あまり詳しいことは分からないが、現代社会であっても家柄を存続させるためには政略結婚もあり得るのかもしれない。

それでも、主計さんなら進むべき道がはっきりと見えているのではないだろうか。夢を叶えるために自ら道を拓いてきた彼であれば。

主計さんは私に向かって柔らかくほほえみかける。

「ナラちゃんはさ、早く結婚したいなって思ったことある？」

「えっ、結婚……ですか」

「うん」

「……えっと、私は男の人と付き合ったりしたこともないですし……そこまではまだ」

まごつきながら答えると、主計さんはにっこりと笑った。

「僕な、好きな人がいるねん」

もう一度、私は驚いた。驚いて、即座に声を出すことすらもできなかった。

出し抜けに告げられた大きすぎる情報を、私はゆっくりと咀嚼していく。

「その人とは、お付き合いされてるんですか？」

「ううん、まだそこまでは進めてへんかな。ただの僕の片思いやから」

片思い――そう聞いて、私はさらに混乱する。主計さんのことを嫌いになる人なんてこの世に存在するのだろうか、とも思ったが、そんな無責任なことを言えるはずもなく、私は頷くことしかできない。

それでも、彼に愛される人はきっと心から幸せだろうとも思う。

「主計さんが好きになるってことは、絶対に素敵な人ですよね」

「はは、そうやね。優しくて、純粋で、ほんまに素敵な子やと思うよ」

彼は静かな声で告げた。

その表情を見ただけで、本当に心から想っていることが伝わってくる。同時に、彼の口から零れる甘い言葉を聞いただけで、流れ弾を受けたかのように少しだけ恥ずかしくなった。

その時、通話を終えた壱弥さんがようやく店内に戻ってくる。お店の外で電話をしていたせいで随分と冷えてしまったのだろう。両手の指先をすり合わせながら、彼は静かに席に着いた。

「遅かったね」

「あぁ、掛け軸のことでベルと話してた。そういえば兄貴からも連絡入ってたんやけど、このあと大雪になるらしいし、電車動いてるうちにはよ帰ったほうがええかもな」

「そうなんですか」

彼の言う兄貴とは、三歳年上の兄・貴壱さんのことである。貴壱さんは探偵事務所からもさほど遠くはない場所に住んでおり、暇があれば弟である壱弥さんの世話を手際よく焼いているらしい。そういった点においては、もはや兄というよりも保護者に近い。

壱弥さんは目の前のカップを手に取った。まだ半分ほどコーヒーが残っている。

「それで、二人はなんの話しとったん」

「うーん、僕の好きな人の話かな」

主計さんの言葉を耳にしたその瞬間、壱弥さんは飲んでいたコーヒーを吹きだしそうになった。

主計さんはゆっくりと壱弥さんを見やる。

「そろそろ僕も、好きな子に振り向いてもらえるように、アプローチしてみるのもありかなって思ってね」

それは、私が告げた言葉を受けて思い至ったことなのだろう。そこから先の結婚の話に繋がっているということは容易に分かる。

ようやく息を整えた壱弥さんは、少しの間を置いてから小さな声で返事をした。

「あぁ、そう」

「兄さんも応援してくれる？」

子供のようにいたずらっぽく笑う主計さんに、壱弥さんが戸惑っているのが分かった。古くからの知人で、親しい間柄である壱弥さんでさえも、彼に好きな人がいるとは知らなかったのかもしれない。

「……別に、俺の応援なんかいらんやろ。本気なんやったら、自分の好きなようにしたらええんちゃうか」

「うん、そうやね。僕は本気やから」

しばらくの沈黙のあと、主計さんはふわりと立ち上がる。

「そろそろ帰ろっか。貴壱兄さんに心配かけてもあかんからね」

冷たいコンクリートに囲まれた店の外では、すでに雨が雪に変わっていた。

灰色の空から降り注ぐのは、ほどよく水分を含んだべた雪で、ゆっくりと京都の街を白く染め上げていく。それは夜通し降り続き、翌朝にはきっと純白の雪景色を作り上げるのだろう。

ひっそりとしたカフェを出ると、想像よりもずっと冷えた空気に触れて、私は小さく身を震わせた。

春の訪れはまだ先になるだろう。

梅花と香る北極星

庭先の紅梅も蕾が膨らみ、ようやく綻び始めた二月。

憂慮していた期末試験をかろうじて乗り越えた私は、地獄から解放されたというようにまったりと春季休業を満喫していた。

柔らかな光が降り注ぐ晴天の下で、私は赤い自転車を走らせながら、神宮道《じんぐうみち》のそばにある探偵事務所を目指す。

少しだけ強い風が吹いてはいるものの、日差しに恵まれたお陰か、二月の下旬でも春が訪れたかのように暖かい。二条通《にじょうどおり》から神宮道へ入り、そのまま平安神宮《へいあんじんぐう》の大鳥居を潜り抜ける。快晴の日に見上げる真っ赤な大鳥居は、青空に映えていつもよりずっと存在感があるように思った。

緑溢れる寺院の間を進み、西に続く小路を折れたところで、目的地である探偵事務所に到着した。

思えば、秋の終わりから冬にかけて本当に様々なことがあった。今でもまだ、あの日の出来事を思い出してつらくなってしまうこともあるのだが、私が普段通りに振る舞いさえすれば、壱弥《いちや》さんもまた変わらない調子で接してくれている。

だからこそ、本当の意味で別れることになるまでは、今あるこの関係を大切にしたい。

そう思っていた。

事務所の前で自転車を停めてから、私はいつも通りに入り口の格子戸へと手をかけた。

しかし、珍しく施錠されていることに気付く。それどころか掛けられた木札も「休業日」が表を向いたままで、どうしてか物音のひとつすらも聞こえない。とっくに正午を過ぎているはずなのに、彼はまだ起床していないのだろうか。

午後から祖父の書斎の本を借りに行くということは、昨夜のうちに伝えていたこともあって、連絡もないまま事務所を空けるなんてことはまずあり得ない。

施錠されたままの格子戸を前にして首を捻りながら、私はそっと傍らのインターホンを押した。

しばらく待機してはみたものの、やはり誰も応答しない。普段の彼の行動パターンから推測するに、どこかで眠りこけているというのが関の山だろう。

私はもう一度インターホンを鳴らす。

「壱弥さん、いませんか？」

いよいよスマートフォンを取り出して電話をかけようとしたところで、ようやく格子戸の向こう側に人影がゆらめいた。

「その声は……ナラか」

「はい、そうです」

ほんの数センチだけ入り口が開かれたかと思うと、その隙間から彼の琥珀色の瞳がちらりとこちらを覗き込む。そして周囲をきょろきょろと見まわしたあと、彼は小さく手招きをした。

「ほな、さっと入り」

「え、なんでそんなこそこそしてるん？」

「ええから、はよささっと入り」

私は猫か、とも思ったが、このまま閉め出されるのも癪であるため、仕方なく小さく開かれた入り口から事務所の中へと滑り込んだ。直後、何かを警戒するように壱弥さんはそそくさと入り口を施錠する。何に対する警戒心なのだろうか。

ふうっと安堵の息をつく彼を見上げると、やはり寝起きということには変わりがないのか、柔らかいスウェット素材のパンツにティーシャツ、その上には黒いパーカーを羽織っただけの部屋着姿のままであった。さらりとした黒髪には、後頭部あたりにはねるような寝癖がついてしまっている。

それを見てふっと口元を緩めたところで、壱弥さんがこちらを振り返った。

「ナラ、ほんまええところに来てくれたわ。もうすぐ人が来る予定なんやけど、できれば会いたないし、俺は仕事で不在やって伝えといてくれへんか。そんで適当に帰ってもらってほしいねん」

要するに、居留守の強行である。

「誰が来るんですか？」

部屋へと続く扉を潜ってから尋ねたものの、答えにくいことであったのか、彼は曖昧に返答を濁した。

薄暗い廊下を越えて部屋に入ると、意外にも整然とした空間が広がっていた。机上には幾らかの本が積み重ねられてはいるが、床にはほとんど何も置かれていない。ソファーに服がそのまま脱ぎ捨てられているということもなく、置き去りにされた空き缶やゴミもない。きっと直近で兄夫婦のどちらかが訪ねてきてくれたのだろう。

そう安心したのも束の間、少し足を進めたところで、キッチンの床に茶色の液体が飛散していることに気が付いた。

「……えっ、なにこれ」

「ただのコーヒーや」

どうやら私が訪ねてきた音に驚いて、手を滑らせてしまったらしい。床に転がるカップは割れてはいないが、落とした勢いでコーヒーは見事に四方を汚してしまっていた。

しゅんとして肩を落とす彼を見て、私はその場で膝を折る。そして床に転がったままのカップを拾い上げると、それをシンクに置いた。

「割れてへんみたいですね。火傷はしてませんか？」

「あぁ、それは大丈夫や……おおきに」

そう言って壱弥さんは私の隣にしゃがみ込むと、静かに床を拭き始める。その動作を遮るようにして私はそっと手を伸ばした。

「私がやりますから、壱弥さんは顔洗って着替えしてきてください。もうすぐ誰か来るんですよね」

その瞬間、彼の表情があからさまに引き攣った。

「そうやわ、隠れやなあかんのやった」

「え、やっぱり隠れるん?」

「悪いけど、あとは頼んだ」

直前のしおらしい態度とは一転して、ひらりと身を翻した壱弥さんは、脱兎のごとく書斎へと姿を消した。

嵐が過ぎ去ったかのように静まり返った部屋で、私は首をかしげながら濡れた床を拭き上げていく。いったい誰が訪ねてくるというのだろう。本当に淹れたばかりだったのか、タオルに染みこむ液体からはほんのりとした温かさが伝わってくる。いくら不器用極まりないとはいえども、このような失敗は彼にしては珍しい類ではないだろうか。

彼を動揺させるほどの訪問者——そう考えたところで私ははっとした。

「もしかして……」

床を綺麗に拭き上げ、私は立ち上がる。そして汚れたタオルを片付けてから事務所に向かおうと靴を履いたところで、予告していた通りにインターホンが鳴った。

格子戸の向こう側に揺れる影はふたつ。

念のため壱弥さんを真似てひっそりと慎重に戸を開いていくと、そこには知らない熟年の夫婦と思われる男女の姿があった。白いパラソルを手にした女性は、私の姿を見て不思議そうに首をかたむけた。

「あら、いっくんとちゃうわね」

猫のような大きな目を何度も瞬かせながら、彼女は言った。綺麗な黒色のショートヘアが印象的で、清潔感のある美人である。そのすぐ隣には、きっちりとネクタイを締めたジャケット姿に亜麻色の帽子を被った年配の男性がいて、柔らかな笑みを浮かべていた。

私は女性に尋ねかける。

「……あの、もしかして壱弥さんの伯父さんと伯母さんでしょうか……？」

「えぇそうよ。あなたは？」

やはり、と思った。

「すみません、申し遅れました。高槻《たかつき》ナラといいます」

名前を告げたその瞬間、彼女の表情がぱっと明るくなったのが分かった。

「まぁ、あなたが高槻先生のお孫さんのナラさん!?　お会いできて嬉しいわ！」

そしてパラソルを閉じてから私の手を両手で握り締めると、重ねた手をぶんぶんと大きく振った。その仕草はまるで純真無垢な少女のようでもある。

「こらこら、芙美《ふみ》さん。彼女が困ってるやろ」

伯父さんが右手で亜麻色の帽子を脱ぐ。

「きみのことは貴壱《きいち》からもよう聞いてますよ。特に壱弥が、ほんまに世話になりっぱなしみたいで」

そう丁寧に頭を下げられて、私もまた深々とお辞儀を返した。

伯父の名は勇吾《ゆうご》さん、伯母は芙美さんというらしい。

確か芙美さんが壱弥さんの実父の姉にあたるらしく、伯父母ともに「雨森《あめのもり》内科クリニック」を経営するお医者さんであると話していたはずだ。そしてこの二人が、兄弟の人となりを育んだ温かい人たちでもある。

そう思うと、どうしてか自分とも縁の深い人たちであるようにも感じられた。

それから二人を事務所の応接スペースへと通したところで、ふたたび勇吾さんが口を開く。

「ところで、壱弥は何をしてるんや？」

その言葉に、私はようやく壱弥さんから言われていたことを思い出した。

「えっと、壱弥さんはその……」

歯切れが悪いせいか、二人は怪訝な顔でこちらを見つめている。その居心地の悪さに耐え兼ねた私は、心の中で壱弥さんに謝罪した。

「そろそろ起きてると思うんで、呼んできますね！」

「なんや、昼間やのにまだ寝てたんか。きみにばっかり世話かけて悪いね」

「いえ、任せてください」

その場を笑顔で切り抜けたあと、私は小走りで部屋に続く扉を潜った。

薄暗い廊下を通り抜け、書斎の入り口を小さく叩く。そしてゆっくりと慎重に扉を開くと、若草色のニット姿の壱弥さんがひょっこりと顔を出した。よく見ると、後頭部にあったはずの寝癖も綺麗さっぱりとなくなっている。

「伯父さんたち、帰ったか？」

低い声で投げかけられた質問に、私は少しの間を置いてから、ふるふると首を横にふった。それとほぼ同時に彼の右手を掴み、その手を引きながら事務所へと引き返す。

突拍子のない私の行動に彼は驚いた様子を見せたものの、すぐに状況を察したのか小さな溜息をついた。

「やっぱり初めから外に逃げるべきやったか」

「……ごめん、壱弥さん。二人の顔見てたら、どうしても嘘つけへんくて」

「いや、俺が悪かったわ。おまえが謝る必要はないから」

そう言って、彼は私の手をするりと解く。怒らせてしまっただろうか、と顔を見上げてはみるが、かすかに眉を寄せているだけでそこに怒りの色はない。

「ほな、お二人に会ってくださいますか……？」

「……あぁ。鬱陶しいけど、しゃあないわな」

少々面倒くさそうに黒髪を掻きながら、靴を履いた壱弥さんはそっと扉を押した。

明るい事務所へと出た途端、私たちの姿を捉えた芙美さんが嬉しそうに立ち上がる。そしてそのまま軽快な足取りで歩み寄って来たかと思うと、飛びつくように壱弥さんへと抱きついた。

「いっくん、会いたかったわぁ！」

強かに抱き締められ、壱弥さんは迷惑そうな顔をした。しかし、そんな反応などお構いなしに彼女は壱弥さんの頭をくしゃくしゃと撫でまわしている。

「あぁ、いっくんやぁ。やっと会えたわ。元気にしとった？」

「はいはい、元気元気」

「ほんまに？　風邪引いたりしてへん？　ちゃんとご飯も食べてる？　あれ、いっくん、またちょっとだけ大きくなった？」

そう言って、芙美さんは手を上にあげて背丈を示す仕草をした。

「なんでやねん。この期に及んで背伸びるわけないやろ」

「そっかぁ、久しぶりに会ったから大きくなったように感じただけやろか」

「秋にも会うたばっかりやんけ」

くしゃくしゃになった髪を手櫛で整えながら、壱弥さんは呆れた顔をした。

にこにことしたまま芙美さんは続けていく。

「いっくん、今朝に連絡入れてたの気付いてくれた？　南禅寺《なんぜんじ》の近くでお昼食べてから寄るって書いてたやろ」

「見たけど、当日の朝に言われても困るし、五時はさすがに寝てる」

「そうやねぇ、ごめんね。でもね、前日に伝えてたら無理やりにでも仕事の予定入れて、私たちに会わへんようにするでしょう？」

彼女の言葉に、壱弥さんはぎくりとして目を逸らした。図星である。

「まぁええやんか。壱弥も元気そうなんやし」

その場の空気を取り持って、勇吾さんが彼女の背中に右手を添える。ぽんと背中を撫でる骨ばった手を見たところで、ふと私はとある出来事を思い出した。

「そういえば、秋ごろに腕を骨折しはったって聞きましたけど、今はもうお怪我は大丈夫なんですか？」

勇吾さんは驚いた顔で私を見下ろした。

「あぁ、気にかけてくれてありがとう。でも、たいした怪我ではないから心配してもらうほどでもないよ」

とはいえ、手術をしなければならなかったと聞いている。だとすれば、大怪我に値するのではないのだろうか。はぐらかす勇吾さんに疑問を抱いていると、隣で芙美さんが小さく笑った。
「酔っ払いの犯したことやからねぇ」
「こら、芙美さん。それは言わへん約束やろ」
「周りの人にたくさん迷惑かけたんやもん。いっくんにもクリニック手伝いに来てもらわ
なあかんかったんやし、ちょっとくらいはお酒も控えてもらわなね～」
そう、からかうように笑う芙美さんを前に、勇吾さんは「まいったな」と頬を掻いてい
る。その仕草がなんとなく困った時の壱弥さんと似ているように思い、私もまた無意識に
笑みを零していた。
同時に、私はようやくあの時の壱弥さんの不可思議な言動を理解した。
それは十月の中旬に起こった出来事で、前触れもなく唐突に彼が姿を消してしまったと
いう事件だった。もちろん、事の詳細はあとから教えてもらったのだが、あの時、彼が頑
なに事情を隠していたのは、かつて自分が医師として勤めていたという事実を悟られない
ようにするためだったのだろう。
ただ、今でも暇を見て医師としてアルバイトをしていると話していたように、臨床の現
場に触れる機会を作っているからこそ、伯父の代わりにクリニックでの診療を務めること
ができたのだろうとも思う。沢山の医学書や新しい論文を読み、今でも知識を更新する努

力を怠らない。そんな彼の姿勢は心から尊敬できる部分でもある。

ふと私は思う。

ずっと過去にとらわれて足踏みをしているものだとばかり思っていたが、想像していたよりもずっと彼は前を見据えている。適切に分野を選べば、これから医師として復帰することも可能なのではないだろうか。

彼はどのように未来を描いているのだろう。探偵として、それとも医師として、どちらを選んで生きていくつもりなのだろうか。

ぞくりと悪寒が走る感覚がして、私は慌てて思考をかき消した。

「どうしたん、座ったら」

壱弥さんの声にはっとして顔を上げると、彼は不思議そうに私を見つめたあと、小さな欠伸を零した。

私は伯父母に会釈をしてから、壱弥さんの隣にゆっくりと腰を下ろす。すると、対面に座っていた芙美さんが思い出したように紙袋から小さな缶をひとつ取り出した。

「そうそう！　遅くなったんやけど、これ、いっくんにバレンタインのお菓子ね」

そう言って、芙美さんはモノトーンカラーの洒落た四角い缶を壱弥さんへと渡す。黒リボンのかかった可愛らしいパッケージのそれは、神戸《こうべ》の御影《みかげ》にある有名な洋菓子店のビスキュイ缶であるらしい。

「チョコレートはあんまり食べへんと思って、いっくんの好きなコーヒー味のビスキュイにしてみてん」

どうかな、と尋ねられ、壱弥さんは静かに頷いた。急かされるようにして手にしていた缶を開けると、ふわりとコーヒーの香りが漂ってくる。中には花のような形をした薄いビスキュイが綺麗に敷き詰められていて、それをひとつ摘まみ上げたあと、壱弥さんは缶を私の前に差し出した。

私もまたそこからひとついただき、ゆっくりと口に運ぶ。

ビスキュイには砕いたコーヒー豆が練り込まれているようで、かりかりとした食感の中には豆の香ばしさがある。ほんのりと優しい甘さを感じるものの、コーヒー特有の苦みもあって、後味はすっきりとしていた。

「美味しいわ、ありがとう」

柔らかに告げる壱弥さんを見て、芙美さんは少し安心した様子でほほえんだ。

「ちなみに、これから高槻さんの家にもご挨拶に伺おうと思っててね」

「え、そうなんですか」

「ご両親にも伝えてあるから、ナラさんもご存じかなって思ってたんやけど」

そういえば、午後からお客さんが来るのだと母が話していた覚えはある。まさかそれが壱弥さんの伯父母であるとは思いもせず、大事な客人が来るのであれば、と早々に家を出てきたわけではあるが。

「そのあと天神《てんじん》さんに行きたいから、いっくん、車出してくれる？」

「北野天満宮《きたのてんまんぐう》か。またなんで」

「ほら、期間限定で梅苑が公開されてるやろ。テレビで梅の開花情報やってて、勇吾さんと見に行こうっていう話になってね。梅を見ながらお茶菓子もいただけるらしいし」

少しばかり面倒くささそうに頭を掻きながら、壱弥さんは勇吾さんへと目を向ける。すると、彼もまた「頼むよ」と告げた。どうやら二人そろって芙美さんには弱いらしい。

「よかったら、ナラさんも一緒にどうかしら？　いっくんだけやと、私たちを置いて先に帰ってしまいそうやしね」

その言葉を耳にした壱弥さんは不満げにこちらを見た。

「うんうん、人数は多い方が楽しいやろ」

勇吾さんにも背中を押され、彼の表情を窺いながらも私はこくりと頷いた。

北白川《きたしらかわ》にある自宅を離れてから、車は今出川通《いまでがわどおり》を西に向かって真っ直ぐに進み、やがて北野天満宮へと到着した。

「天神さん」の愛称で親しまれる北野天満宮のそばには、上七軒《かみしちけん》という花街があり、京都五花街の中で最も古い歴史を持つことでも知られている。そのひっそりとした歴史的景観を散策したあと、私たちは北野天満宮の正面にある一の鳥居を通り抜けた。

とても有名な話ではあるが、北野天満宮は菅原道真《すがわらのみちざね》公を御祭神として祀る天神信仰発祥の地で、現在では学問の神様としての信仰が厚く、多くの受験生が合格祈願に訪れる場所である。

思い返せば、中学受験の年に祖父とともに上賀茂神社《かみがもじんじゃ》を訪れ、無事に志望校への合格を決めた時、大学受験の折には北野天満宮を訪ねようと約束を交わしたはずだった。結局、その約束は果たせないまま祖父は亡くなった。

それを知ってか、両親が学業御守と鉛筆を買ってきてくれたのだが、私自身が直接足を運ぶのは本当に久しぶりのことであった。

春と呼ぶにはまだまだ厳しい寒さが続くものの、参道の傍らに見える梅苑には、花をつけた梅の木がところどころに香っている。そんな季節の移ろいを楽しむように、夫婦二人はにこやかに並んで歩いていた。

隣を歩く壱弥さんへ目を向けると、コートの上から左腕を庇うように右手が添えられているのが見える。ゆっくりと動く手を見ていると、指先で左腕をさすっているようであった。寒暖差が激しい季節の変わり目でもあるため、いつもよりも強く痛むのだろうか。

心配になってしばらく彼の仕草を眺めてはみたものの、無意識に繰り返していただけだったのか、何も言わないままそっと手を離した。

直後、私の視線に気付いた彼と視線が絡み合う。

「どうしたん？」

「あ、いえ。寒いなぁって思って」

「いうてもまだ二月やしな」

暦の上では立春を過ぎているのだが、気候だけで言えば二月はまだ立派な冬である。

「そういえばさ、せっかく天神さんに来たんやし、試験の合格祈願でもしといたら」

「試験って、来年の？」

驚いて聞き返すと、彼は私から視線を外しそのまま天井へと遊ばせた。

「あぁ、ローの受験とか、予備試験とか色々あるんやろ」

「……そうですけど、ちょっと早すぎませんか」

「合格祈願に遅いも早いもないやろ。俺も一緒に祈っといたるからさ」

そう告げる壱弥さんの横顔を私は静かに見つめた。

どうしてか、彼の言葉はいつも祖父の記憶を呼び起こす。ぶっきらぼうで気だるげな態度も、言葉遣いでさえも祖父とはまるで異なっているはずなのに、心の奥底にある温かさだけは祖父と同じ。優しい言葉をもらうたびに、温もりを感じるたびに、蝋燭に火が灯るようにほんのりと心が明るくなるのが分かった。

そういった些細なところから、どんどんと彼に惹かれてしまう自分がいる。

これ以上感情を募らせてはいけない。ようやく、ぐちゃぐちゃになった気持ちを修復し始めたところなのに、新たな傷を負ってしまってはいつか本当に立ち直れなくなってしまうかもしれない。

私は誰にも悟られないように静かに拳を握った。

楼門を抜けてからさらに歩き進めていくと、三光門《さんこうもん》と呼ばれる中門へと到着する。門のそばに並ぶ紅白梅はちょうど見頃を迎えており、玉のような花が枝いっぱいに綻んでいた。

立て札によると、三光門の「三光」とは、日、月、星の意味で、梁にそれらの彫刻が施されていることが由来であるらしい。

見上げてみると、「天満宮」と書かれた金色に輝く扁額と、奥には勇ましい獅子の姿がある。内側を覗き込めば、太陽と三日月が浮かんでいて、門を抜けてから振り返ってみると、波の上で軽やかに跳ねる二匹の兎が見えた。

本殿の前で私たちはそれぞれに瞑目し、手を合わせる。そしてふたたび三光門を抜けたところで、前を歩いていた芙美さんが振り返った。

「じゃあ、私たちは梅苑に行くわね」

「二人とも好きにまわってくれたらええから」

手を振り合ったあと、二人は仲睦まじく腕を組み、梅苑の入り口へと向かっていく。離れていく二人の背中を見送ってから、私は壱弥さんへと声をかけた。

「私たちはどうしますか？」

「とりあえず、境内まわってみるか。あとから梅苑に行ってもええし」

「そうですね。せっかくなんで私も梅苑には入りたいです。二人の邪魔にならへんように、時間ずらしてから行きましょうか」

梅苑の入り口がある絵馬所の前を離れ、私たちはゆっくりと歩き出す。そして手水舎《てみずしゃ》のそばにある臥牛像と白梅に目を向けたその時、背後から女性の声がふわりと飛んだ。

「お嬢さん、地元のかた？」

くるりと振り返ると、そこには五十代半ばくらいの年齢の女性が佇んでいた。

「はい、そうですが……」

私は身構えながら返答する。すると女性ははっとして手を口元に当てた。

「急に声かけてしもてごめんなさいね。怪しいものではないんですよ。人を捜してて、聞いてまわってるだけなんですけど」

「人捜しですか」

その言葉に反応したのか、近くで待機していた壱弥さんが女性へと視線を流す。

「ええ、春日井綺子《かすがいあやこ》さんってかたをご存じないかしら。この近くに住んでたはずなんですけど」

「春日井さんですか……」

「そう、春の日に井戸の井で春日井さん。でも子供の頃の記憶やし、今は結婚して苗字は変わってしもてるかもしれへんのですけど」

私は首を横にふった。直後、壱弥さんが私の背後から女性に声をかける。

「その春日井さんとはどういったご関係で」

忽然と現れた彼を、女性は少しばかり驚いた様子で見上げた。しかし、私の連れであることを理解したのか、彼女はそろりと続けていく。

「子供の頃に仲良くしてた友達やの。うちは片親の貧乏暮らしでね、遊んでくれるような友達もいいひんかった私と、唯一仲良うしてくれはった子なんですよ」

「なるほど、幼少期のご友人ということですね。よろしければ詳しく伺いましょうか」

そう言って彼は小さなケースから名刺を取り出し、女性へと差し出した。


北門から境内を抜けた私たちは、女性に勧められるがまま大通り沿いにあるフルーツパーラーへと入った。

店内はさほど混雑しておらず、空いていた窓際の席に座る。女性は樋口咲子《ひぐちさきこ》さんというらしい。美味しいものでも食べながらという彼女の言葉に甘え、昼食を摂っていなかったという壱弥さんはミックスサンドにコーヒーを、私と咲子さんはこのお店の名物でもあるフルーツサンドのハーフサイズを注文した。

飲み物が届いてから、咲子さんは直前までの話の続きを語っていく。

「綺子ちゃんとは小学校も違うかったし、どこに住んでるんかもよう知らんかったんですけど、いいお家の娘さんであることは確かでした」

二人が親しくなったのは、いつも一人寂しく天神さんの境内で遊んでいた咲子さんに、綺子さんが声をかけてくれたのがきっかけだった。初めて言葉を交わした日の彼女は少しぎこちない笑顔が印象的で、それでも話をしているだけでどこか安心できるような、そんな優しい雰囲気の少女だった。

それから、綺子さんは気まぐれに天神さんに姿を見せるようになった。一人だけで来ることもあれば、母親くらいの女性がそばに付いていることもあったという。

その女性は彼女のことを「綺子お嬢さま」と呼び、二人の会話に入ることは一切せず、少し離れたところから彼女の様子を静かに見守っているだけであった。綺子さんが自分の境遇を語ることは一度もなかったものの、付き人から「お嬢さま」と呼ばれていたことからも、どこか良家の娘だということは容易に想像ができた。

「……綺子ちゃんはほんまに優しい子でした。でも、私が十二歳になる年に母親の再婚が決まって、中学に上がると同時に九州に引っ越すことになったんです」

それから、高校生になる頃には母親の故郷でもある奈良県に再移住したが、京都を訪ねる機会には恵まれず、気が付くと大人になってしまっていた。同時に自身の生活が忙しいことも重なって、彼女のことは記憶からすっかりと薄れてしまっていたという。

しかし、数年前に母親が亡くなり、最近になってようやくそのままにしていた遺品の整理を始めたところ、あるものを見つけたそうだ。

咲子さんは懐から小さな透明の袋を取り出して、白いテーブルの上に置いた。中には白地に梅の花が描かれたお守りのような袋状のものが入っている。

「これは……？」

壱弥さんが尋ねると、咲子さんは口元を和らげた。

「子供の頃、私が京都を離れる前に、綺子ちゃんがくれた匂い袋なんです」

そう言って、咲子さんは透明の袋から匂い袋を摘まみ出した。それは着物のような布で作られた可愛らしい匂い袋で、美しい梅花の中央には光沢のある金糸で蕊《しべ》が刺繍されている。手を動かすたびに、差し込む光を受けて艶やかに光る糸が、ひっそりと輝く星のようにも見えた。

「――もう四十年以上も前の話です。それでも、綺子ちゃんからこの匂い袋をもらった日のことははっきりと思い出せるんです」

その匂い袋を前に、彼女の表情が少しばかり曇った。

咲子さんが京都を離れる前日、それは梅花が零れる三月の始まりだった。

　暖かい陽光に恵まれた天神さんの境内で、別れを告げるために訪れた咲子さんに、彼女はこの匂い袋を差し出しながら言った。

「これ、私が一番好きな香りやねん。そやから咲子ちゃんも好きになってくれたら嬉しいなって思ってて。よかったら、もらってくれる？」

「ありがとう。でも、こんな高そうなもんもらえへんよ」

「ううん。うちの中ではそんなに高いもんとちゃうし、私は咲子ちゃんにもらってほしいねん」

　そうほほえみながら、彼女は手にしていた匂い袋を咲子さんへと握らせる。ふわりと優しい梅の香りが飛んだ直後、綺子さんの言葉が胸の奥のどこかにひっかかった。

　確かに自分の家は貧乏で、彼女のように綺麗な服は着られない。高そうな外国のお菓子も買えないし、いつもそばで見守ってくれるような人もいない。こんなにもきらきらとした匂い袋に触れることだって初めてで、子供の自分にはどうやっても手に入れることのできないものだろう。

　それでも、決して不幸せだったわけじゃない。唯一の家族だった母親も愛情深い人で、新しく父親になる人だって真面目で優しい人なのだ。

　それなのに、彼女の目には貧乏で可哀想な子供に見えていたのだろうか。そう気が付いた瞬間から、彼女の言葉が妙に腹立たしく思った。

「……綺子ちゃんには、私が貧乏で可哀想に見えてるんかもしれへんけど、そんなことないから」

「えっ……そんな、咲子ちゃんが可哀想なんて思ってへんよ」

「思ってへんかったら『うちの中では』なんて言わへんやろ」

「それは違うの。私はただ――」

まごつく綺子さんに、咲子さんは彼女を睨みつける。

「ずっと友達やと思ってたのに、最低！」

溢れる涙を堪えきれないまま、咲子さんは綺子さんの前から走り去った。

彼女もきっと他の子たちと同じで、自分のことを心のどこかで馬鹿にしていたのかもしれない。その事実があまりにも悲しくて、悔しくて、みじめさで胸がいっぱいになるのを抑えながら、咲子さんはたくさん泣いたという。

返しそびれたその匂い袋は、自分が持っていても仕方がないからと言って、母親にあげたそうだ。それを彼女の母親がずっと大切に保管していたのだろう。


「――この匂い袋、まだちゃんと香りがするんです」

それは、痛ましい彼女の記憶を呼び起こすように。

ずっと静かに話を聞いていた壱弥さんが、真剣な面持ちで口を開く。

「今、彼女に会いたいと思われる理由はなんですか」

「……ただ、綺子ちゃんに謝りたいんです。なんであんなしょうもないことで怒ってしもたんやろうって、思い出してからずっと考えてました。私のせいで彼女の心に傷をつけてしまったかもしれません。気にしてへんのやったらそれでいいんです。私のこと忘れられててもいい。でも、私がひどいことを言うたのは事実やから、ちゃんと会って謝りたいんです」

それは、彼女にとって償いにも近いことなのかもしれない。綺子さんのためというよりも、彼女自身の心を洗うために必要なことなのだろう。

壱弥さんは彼女の瞳を見つめたままゆっくりと首肯した。

「分かりました。調査をご希望されるようでしたら、お受けいたします」

「ほんまに？　ありがとう。是非、よろしくお願いします」

咲子さんは両手の指先を胸の前で合わせ、ぱっと明るい顔を見せた。

それから、少しの談笑を楽しみながらフルーツサンドをいただいたあと、お店の前で咲子さんと別れ、私たちは元来た道を辿って天神さんへと戻った。

北門から摂末社《せつまつしゃ》の前を抜けて、梅の咲く境内を進んでいく。そのまま本殿に入り周辺を見まわしたところで、授与所の前でお守りを選ぶ二人の背中を発見した。

腕時計を確認すると、二人と別れてからすでに一時間以上が経過していて、とっくに梅苑をまわり切ったあとのようであった。

壱弥さんが声をかけると、二人は同時に振り返る。

「あら、やっと会えたわ〜」

「お待たせしてしもて、すみません。梅はどうでしたか？」

「色んな種類があって、すごい綺麗やったわね。上品さもあって」

幸せそうに笑う芙美さんに、勇吾さんが頷く。

「二人は見に行かへんかったんか」

「はい、ちょっと別の用事があって……」

「それやったら、これから行ってくる？　私たちは近くのお店でゆっくり休んでるし」

「ありがとうございます。でも、私たちはいつでも来られますし大丈夫ですよ」

ちらりと壱弥さんを見ると、彼は授与所に並ぶお守りをぼんやりと眺めているようだった。私は少しだけ残念に思う気持ちを胸の内に秘めたまま、そっと視線を戻す。

梅苑に入らずとも、境内のいたるところに紅白さまざまな種類の梅が咲いている。百花をさきがけて咲く冬の花であるとも言われるように、梅の花はまだ少しもの寂しい晩冬の景色に色彩を添えてくれているようにも見えた。

○

観梅に出かけたあの日、当初は書斎にある祖父の法律書をいくつか拝借するつもりで事務所に向かったはずであった。

しかし、伯父母が訪ねてきたことに驚くあまり本来の目的をすっかりと失念した私は、なりゆきで彼らとともに休日の北野天満宮を満喫することになった。さらには、それらの記憶とともに愛用の自転車も事務所に置き去りにしたままで、翌日に壱弥さんから「愛車忘れてるで」と連絡が入るまで、その事実にさえも気が付いていなかったという始末であった。

我ながら迂闊にもほどがある。

壱弥さんによると、咲子さんから受けた相談に関しては契約書をもって正式に依頼を承り、すでに調査を進めているという。とはいえ、現時点では「春日井綺子」という名前だけを手掛かりに辿っていく他はなく、芳しい成果は得られていないらしい。

神宮道の停留所で市バスを降りてから、探偵事務所を目指して南に歩く。目的はもちろん祖父の法律書を拝借し、忘れていた自転車を持ち帰ることであった。

まだ空気は少しひんやりとしてはいるが、柔らかに吹く風が心地いい。ずっと枝木ばかりだった景色にも僅かではあるが花が宿り、間もなく訪れる新しい一年に向けてゆっくりと季節が動き出す。

そういえば、三条大橋の河津桜もそろそろ咲き始める頃だろうか。

そんな取り留めのないことを考えながら三条通を横断し、しばらく歩き進めたところでようやく定休日の探偵事務所へと到着した。

入り口の木札は裏返されたままではあるが、やはり鍵は開いていた。

この探偵事務所は少しばかり変わった構造をとっている。入り口を潜った先には仕事をするための事務所があり、足元にはオークのフローリングが広がっている。靴のまま上がることができるという特殊な仕様だけを見れば、洒落たカフェのようにも見えるのだが、奥にある扉の先に本来の玄関が設けられ、彼の居住場所へと繋がっていた。

「お邪魔します」

と、声を上げたものの、事務所に彼の姿はない。施錠されていないにもかかわらず静かすぎる事務所に疑問を抱いた直後、部屋に続く扉が半分ほど開いたままになっていることに気付く。

警戒しながらもゆっくりと覗き込んでみると、玄関先にうつ伏せで倒れている壱弥さんを見つけ、私は声にならない悲鳴を漏らした。

かろうじて靴は脱いでいるが、足先はほとんどが三和土《たたき》に飛び出している。頭には脱ぎ捨てたであろうベージュのカーディガンが無造作に被さっており、それがより一層不穏な空気を醸し出していた。

「……壱弥さん、生きてる？」

恐る恐る声をかけてみるが、やはり返事は聞こえない。背中がゆっくりと上下しているところを見ると、いつもと同じように惰眠を貪っているだけで、おおよそ部屋に戻る途中で面倒になってそのまま眠ってしまったというところだろう。

それでも、一見すると事件現場のようにも見えるのだから、本当に困った悪癖である。このままでは本当に倒れている時でさえ寝ていると思われかねないだろうと、私は溜息をつくとともに彼のそばで膝を折った。

廊下にはひんやりとした空気が漂っている。

「壱弥さーん、起きてくださーい」

背中を指先でつついてみるが、深く眠り込んでいるのか、これといった反応はない。

「起きひんかったら、足の裏くすぐりますからね」

わざとらしく大きな声を上げながら指先を滑らせたその瞬間、彼の足が即座に移動して私の手を振りほどいた。どうやらくすぐったいらしい。

次には小さく唸り声を上げて、ごろりとあおむけに寝返りを打つ。そして乱れた黒髪を掻き上げるようにして、彼は左手を額の上に乗せた。

露わになった顔はいつもながら無駄に美しく整っている。

これだけ崩壊した私生活を送っているというのに、何をすればここまでの美貌を維持できるのだろうか。天は二物を与えずとはよく言うが、彼の場合は天が二物三物と与えたあと、「おまけにもうひとつ」と言って無精を付与したことにより、眉目秀麗とも言える才学と端整な容貌がことごとく台無しになってしまったのだろう。

ひとりでに頷いていると、彼の目がゆっくりと開き視線が重なり合った。向けられる瞳さえ、目を引く宝石のような琥珀色をしているのだから本当に恐ろしい。さらに言えば、口元に流れるよだれさえなければ完璧である。

「おはよう」

「……おはようございます」

ふっとほほえんだあと、彼はようやくむくりと起き上がった。

「ん、よう寝てたわ」

そして大きな欠伸を零し、目元に滲む涙を指先で拭い取る。是非とも先によだれを拭き取ってほしいものであるが、さすがにそこは指摘せずにおいた。

床に転がるカーディガンを掴み、壱弥さんは壁伝いにゆっくりと立ち上がる。なんとなく足元がふらついているように見えるのは気のせいだろうか。

その動作を見守っていると、次の瞬間、大きく身体をよろめかせ、私は反射的に彼の腕を掴んだ。

「壱弥さん、大丈夫ですか？」

「ん、あぁ。寝起きで頭まわってへんだけやし、大丈夫。おおきに。ちょっと、眠気覚ましに顔洗ってくるわ」

心配する私をよそに、壱弥さんはカーディガンを腕に抱えて部屋へと消えていった。

ここ最近は雨が降ることもなく過ごしやすい日が続いていたはずではあるが、こんな場所で眠りこけてしまうくらい、夜間じゅうぶんに休めていないのだろうか。

部屋の中を覗いてみても、一昨日に訪ねた時から大きな変化はない。中途半端に飲み残したコーヒーのカップと伯母からもらったビスキュイ缶が机の上にあるくらいで、散らかっている様子はなく、物の少ないさっぱりとした空間が広がっている。

開け放たれた窓からは優しい風が吹き込み、部屋の空気をほどよくかき混ぜていた。

壱弥さんが戻ってくるまでにと、私は書斎に入り目的の法律書を探し出してから、本を片手に事務所へと戻った。よく見ると、応接用の硝子机の真ん中には壱弥さんのスマートフォンが置かれている。ケースにすら収められていないスマートフォンには、シンプルで、人ほど物を持たない彼らしさがある。

時刻は午前十時四十分を過ぎたところで、お昼を準備するにはまだ少し早い。

彼が戻ったら調査の進捗を確認し、それからすぐに家に帰ることにしよう。元より、今日は事務所の定休日なのだ。ゆったりと一人で休める時間があった方が、壱弥さんにとっても都合がいいだろう。

私はソファーへと腰を下ろし、法律書に目を通しながら彼の帰りを待つことにした。

それから十五分ほどが経過したところで、机上のスマートフォンが大きな音をたてて鳴り響いた。

ちらりと見えた画面には「深山竜《みやまりゅう》」と表示されている。見覚えのない名前ではあるが、番号が登録されているということは、壱弥さんの知人なのだろう。

仕事関係の相手だろうか、だとすれば急いで彼に知らせにいくべきか、と悩んでいるうちに電話はぷつりと切れてしまった。

「切れたか」

唐突に背後から伸ばされた彼の腕に、私は驚いて身体を震わせた。見上げてみると、屈められた身体が私の顔のすぐ隣にあって、同時にふわりと清潔な香りが掠めていく。

一瞬にして飛び跳ねた鼓動が、直前まで鳴り響いていた電話のようにうるさい。

しっとりと濡れた髪を見る限り、シャワーを浴びたばかりなのだろう。雫が毛先からしたたり落ちるよりも先に、彼は首元のタオルで濡れた髪を拭いながら手を伸ばす。そしてそのまま左手でスマートフォンを拾い上げ、すぐに折り返しの電話をかけた。

「……春瀬です。すみません、席を外しておりました」

電話を耳元に添えたまま、壱弥さんは私の隣に腰を下ろす。丁寧に謝罪する様子をまじまじと見ていると、何かを察したのか彼は通話中のスマートフォンをスピーカーに変更し、机上に置いた。

「壱弥、急に電話して悪いね。元気にしてはったか？」

「はい、竜先生こそ」

その呼称に、私ははっとして面を上げた。同時に、自分がまだ小学生だった頃の記憶がふわりとよみがえる。

「……えっ、竜先生ってもしかして、あの竜先生？」

「あ、その声はナラちゃんやな」

嬉しそうに弾む声を聞いて、私は当時のことをはっきりと思い出した。

竜先生とは、祖父がこの土地で法律事務所を構えていた頃に、祖父とともに仕事をしていた弁護士の先生である。生前の祖父が一番の信頼を置いていたのはもちろん、祖父が急逝してから壱弥さんが事務所を継ぐことになるまでの間、この事務所のために懸命に勤めてくれていたこともあって、本当に頭が上がらない存在でもあった。

私が熱心に事務所に通っていた小学生の頃、忙しそうにする祖父に代わって、彼がいつもこっそりと構ってくれていたことを思い出す。そんな優しくて面白い先生のことが大好きで、周囲と同じように「竜先生」と呼んでいたのだが、それがまさか名前であるとは思いもせず、ずっと苗字の一部を取った愛称だと思い込んでいたのだ。

「まさか壱弥とナラちゃんが一緒にいるとはね」

じんわりと沁みるような優しい声質に、私はどこか懐かしさを抱く。

確か、祖父が亡くなった当時は三十代後半くらいだったはずであり、だとすれば今はもう四十歳を過ぎたあたりだろうか。

「あれ、ナラちゃんって、もう大学生なんやっけ？」

「はい、法学部に通ってます」

「そうかぁ。あのちっちゃかったナラちゃんも、もうすぐこっちの世界に来るってことやんなぁ……いやぁ、時の流れやわぁ」

そう、竜先生はしみじみと懐古するような声で言った。それがまるで久しぶりに顔を見せた親戚のおじさんのようで、私は苦笑を零す。

「ところで、壱弥。今朝メール送ったんやけど、見てくれたかな」

「……メールですか。すみません、まだ見てません」

「やっぱり、返事ないから見てへんのやと思ったわ。返事はええから、確認だけ頼むわ」

「承知しました」

「あと、もうひとつ伝えたいことがあるから、今日の夕方の六時頃にうちの事務所に来てもらうことはできる？」

「可能です」

壱弥さんは即答した。

いつも以上に丁寧に思える彼の態度に、なんとなく新鮮な感覚を抱く。

「簡単に言うと、連絡先を伝えたい人がいるんやけど、個人情報になるし直接話した方がええと思ってんねん」

やはり、二人は何らかの仕事のやり取りをしているということなのだろう。

静かに語る竜先生の声に反して、背後からは何やら騒々しい音が聞こえてくる。きっと仕事の合間を見て連絡をくれているのだろう。繰り返し「深山先生」と呼ぶ女性の声に、彼は「電話中や」と鋭く断りを入れた。

「ほな、そろそろ仕事に戻らなあかんから今はこれで。また夕方に」

そう言って、間髪を容《い》れずに通話は切れた。通信の途切れたスマートフォンをタップしてから、壱弥さんは息をつく。

「あの、私も一緒に行ってもいいですか？」

深く考えもしないまま告げると、彼は右手でスマートフォンを触りながらちらりとこちらを見た。

「ええけど、祥乃《さちの》さんにもちゃんと言うときや」

「え、なんで」

どうして竜先生に会いに行くことをわざわざ母に報告しなければならないのだろう。そう尋ねたところで、壱弥さんは少し呆れた様子を見せた。

「おまえな……自転車取りに来ただけやのに、夜まで帰ってきいひんだらさすがに心配するやろ。あとから匡奈生《まさなお》さんに色々言われるんは俺やし」

そういうことか、と思った。

さすがに父もそんなことで叱りはしないだろうとは思うものの、すぐに帰るつもりでいたのも確かであり、無駄に心配をかけるくらいなら連絡を入れておいた方がいいのは間違いないだろう。

「そうですね、連絡しときます」

「頼むわ」

頷く私を見届けてから、壱弥さんはふわりと立ち上がった。

言われた通りに母にメッセージを送ってみると、意外にもすぐに既読がつき、あっさりとした返事が届く。一緒にいる相手が壱弥さんであると分かってのことなのかもしれないが、父が厳しいだけに暢気な母の態度には少しばかり不安になることもあった。

あまりにも両親の性格が両極端すぎるのである。

とはいえ、ある一件から父も今では壱弥さんに対する印象を改めたようで、以前ほど「若い男の家に」などと口うるさく言われることはない。そういった点では心配する必要はないと繰り返し伝えているのだが。

私はスマートフォンを鞄に戻しながら顔を上げた。

デスクでは壱弥さんが真剣な顔でパソコン画面を覗き込んでいる。先に話していた、竜先生からのメールを確認しているのだろう。どんな要件であるのかは皆目見当もつかないが、あれだけはっきりと念押しされているのを見れば、自然と気にはなってしまうものである。

私はソファーを離れ、邪魔にならないように彼の隣から画面を覗き込んだ。

――春日井香木社社長、次々と不祥事発覚。

大きく掲載された文字が目に飛び込んできた瞬間、私は思わず画面に顔を寄せた。どうやらそれは古い新聞記事らしい。

「壱弥さん、この春日井香木社って」

「あぁ……恐らく綺子さんの両親が経営してた会社やろうな」

驚いた私に、壱弥さんは低い声で相槌を打った。

少しばかり褪せて読みにくい部分はあるものの、本文には香木会社の社長が複数の悪事に手を染めていたことが記されていた。それは会社の経営に関わることから、個人的な男女関係に至るまで様々で、最後には暴かれた不祥事によって会社が倒産の危機を迎えているとまである。記事の上方には小さく発刊日が記載されていて、それによると昭和五十三年の秋に刷られたものであった。

いったいどのようにしてこんな古い新聞記事を探し出したのだろうか。そう疑問を浮かべたと同時に、私はさらなる疑問を抱く。

そもそも、この記事が竜先生から届いたということは、彼が先生に調査を依頼していたということになる。どうして彼は竜先生に調査を依頼したのだろう。

その経緯を尋ねようと彼に目を向けた時、どうしてか彼の顔が青ざめていることに気が付いた。まるで呼吸することを忘れてしまったかのように、彼はモニター画面を凝視したまま少しも動かない。

はっとして画面に目を移すと、直前まで閲覧していたデータは閉じられていて、メールの受信トレイに戻っていた。

「壱弥さん……？」

恐る恐る声をかけたその瞬間、彼はぱっとこちらを見る。

変わらず険しい表情だった。

「……ごめん、なんやった」

「いえ、大丈夫かなって思って」

大丈夫、と彼は青白い顔を私から逸らし、深く息を吐き出してから一番上にあるメールをクリックした。

差出人には「町田幸大《まちだこうだい》」と、見慣れぬ名前がある。文面は比較的淡々としたもので、とりわけて親しみがあるわけではない。ゆっくりと読み進めていくと、そこには椹木《さわらぎ》先生から連絡先を伺ったこと、壱弥さんが探偵をしていると聞いたこと、そして労いの言葉とともに「会うことはできないか」といった旨が記されていた。

「この差出人ってもしかして」

壱弥さんは頷く。

「前に話した、俺が医者やった頃の先輩や。今さら会って、何を話すつもりなんかは知らんけど……」

そう珍しく嫌悪感を露わにしながら、彼はメールを閉じた。返信は保留ということだ。

彼の琥珀色の瞳が揺れている。動揺しているのだろう。

深い溜息をつく壱弥さんに、私は躊躇いながらも声をかける。

「壱弥さん、よかったら、あったかいコーヒーでも飲みませんか？」

「……そうやな、一旦冷静になるわ」

彼は目元を覆い隠すように額に手を添えながら、もう一度深く息を吐いた。まだ顔色は少しだけ青白い。その様子を見ると、やはり彼の心の傷は癒えていないのだろうと思う。

彼がいくら悠然とした人であったとしても、名前を見ただけで過剰な反応を示すのも無理はない。

心に大きな傷をつけ、暗闇に突き落とした張本人なのだから。

ゆっくりと席を立つ壱弥さんとともに、私は部屋へと移動した。温かいコーヒーを飲めば、彼の動揺もいくらか落ち着いてくれるかもしれない。短絡的な思考ではあるが、今は言葉を並べるよりも、気を紛らわせるくらいがちょうどいいはずだ。

そういえば、と私は一週間ほど前にあった小さなイベント事を思い出す。

それは世に言うバレンタインデーというもので、日本には日ごろの感謝を込めて親しい家族や友人などにチョコレートを贈るという独自の文化が存在する。とはいえ、元は恋人たちが愛を祝うための日でもあって、どちらかというと好きな人にプレゼントを贈るといった印象が強い。

年末のクリスマスについては言わずもがな、しばらく気まずい雰囲気を感じていたこともあって、せめてバレンタインデーくらいはと、私もまた浮ついたイベント事にあやかって彼に贈り物をするつもりであった。

しかし、和菓子屋には好んで足を運ぶ壱弥さんも、チョコレートに関してはほとんど口にしないようで、悩み抜いた結果、無難にも南禅寺の近くにある専門店のコーヒー豆を贈ることを選択した。

「壱弥さん、この前のコーヒーってどこにありますか？」

「この前のって、あぁ……おまえがくれたやつか」

彼が示した通りに棚を開くと、普段から愛飲しているらしいインスタントコーヒーの隣に、白いパッケージの袋がぽつんと置かれていた。それを手に取って中身を確認する。封が切られているところを見ると、最低でも一度は飲んでくれているらしい。

豆から挽くコーヒーの淹れ方はよく分からないが、調べながらであれば上手くできるだろうか。

「このコーヒー、私が淹れてみてもいいですか」

「いいけど、淹れ方とか知ってるんか」

「調べながらやるんで、たぶん大丈夫です」

ぐっと拳を握ってやる気を見せたところで、壱弥さんはふっと表情を和らげた。そして机上に置かれていたマグカップを手に取り、ゆっくりとこちらに向かって歩いてくる。

「しゃあないから、俺が淹れ方教えたるわ」

「えっ、いいんですか」

とはいえ、そうなると目的が少し変わってくるようにも思ったが、気を紛らわせるという点だけで言えば、ある意味正解でもあるのかもしれない。

豆が入った袋を片手にきょろきょろと器具を探していると、彼の大きな手が握り締めていた袋を奪い取った。触れた手はいつもよりもずっと温かい。

「ドリッパー類はここに入ってるから」

そう言って、壱弥さんは隣の棚を開けた。ひとつずつ順に取り出される器具を見ていると、意外にも綺麗に使用されているのか汚れのひとつも見当たらない。

こういったものを手にする彼の姿には、どこか新鮮さがある。

「まずは豆の量をはかって――」

柔らかに降り注ぐ彼の低い声に耳を傾けてみても、声音ばかりが胸に響くだけでどうしてか手順が頭に入ってこない。そばに立つ彼を見上げていると、伏せられた目がちらりとこちらに向けられ、どきりとして心拍数が跳ね上がった。目を逸らし、平常心を保ちながら尋ねる。

「壱弥さんって普段からこうやって自分でコーヒー淹れてるんですか？」

「いや、めんどくさいから兄貴が来た時に淹れてもらってる。まぁ、普通に考えてこんな細かいこと俺が普段からやるわけないやろ」

「ですよね……」

薄々と察していたことではあるが、想像通りの返答に私は苦笑した。

どう考えてみても、ものぐさな彼がこんな手間のかかることを日常的に行っているとは思えない。それなのに、ドリッパーやミルなどの器具が一式揃えられている理由を考えれば、必然的に貴壱さんの存在が浮かんでくるだろう。

彼は豆の入っていないドリッパーに沸いた湯を注ぎ、サーバーとカップを温める。紅茶を淹れる時とも共通しているが、先に器を温めることによって抽出の間に冷めてしまうことを防ぐらしい。

「でもまぁ、一通りの方法は知ってるからな。ほんまにめんどくさいってだけで」

「ほな、壱弥さんに教えてもらって覚えたら、私がいつでも淹れられますね」

そう告げると、壱弥さんは琥珀色の目を何度か瞬かせたあと、「期待してるわ」と言って笑った。


深山法律事務所は五条《ごじょう》駅から徒歩圏内にあって、地下鉄電車を降りた私たちは、日没後の街をゆっくりと歩いた。ビルの三階に上がり、営業時間を終えた法律事務所へと入る。入り口近くの応接室にはいまだに顧客の姿があって、時間外だというにもかかわらず忙しない空気が漂っていた。

秘書の女性に通され、個室の前に着く。どうやらそこが竜先生のデスクらしい。

「深山先生、春瀬さんがお見えになりました」

畏まった調子で女性が告げた直後、部屋の内側から「どうぞ」と柔らかい声が響く。扉が開き、女性に促される形で個室に入ると、広い執務スペースに竜先生が座っているのが見えた。

「壱弥、わざわざ来てもらって悪かったね」

「いえ、ご無沙汰しております」

頭を下げる壱弥さんを見て、彼はデスクチェアから腰を上げてゆっくりとこちらに向かってくる。

それなりの年齢は重ねているが、パーマのかかった黒髪に、眼鏡、濃紺色のスーツを召した姿は知っている当時と少しも変わらない。一重瞼の涼しげな目元も、ゆったりとして落ち着いた立ち振る舞いも、すべて私が知っている優しい先生のままであった。

弁護士とだけ聞けば、大半の人は襟元に輝く向日葵のバッジを想像するだろう。私もまたそのうちの一人で、記憶の中にいる祖父の襟元にはいつも弁護士記章があったことを覚えている。歳を重ねた祖父のバッジは他の若い先生のものよりも随分とくすんでしまってはいたが、それがより一層かっこよく思えたものだった。

しかし、今では弁護士記章の帯用義務自体が改められているそうで、にこやかに手を振る竜先生の襟元を見ても、記章はどこにも見当たらなかった。

少しだけ残念に思う気持ちを堪え、私は彼に会釈をする。

「ナラちゃんも久しぶりやね」

「本当にお久しぶりです。三年、四年ぶり……くらいでしょうか？」

「そうやね、ナラちゃんが高校生の時以来やし、そんなもんやな」

「相変わらずご活躍されているそうで」

改めて挨拶をすると、竜先生は目を閉じてから指先で目頭を押さえた。

「ナラちゃんも立派になったなぁ……」

どうやら感傷に浸っているらしい。やはり彼の言動には久しぶりに会った親戚のおじさんのような、どことない懐かしさと安心感があった。

応接席に座ったところで、すぐに温かいお茶が運ばれてくる。竜先生は女性に「ありがとう」と右手を上げて応じたあと、こちらへ視線を戻した。そして直前まで緩んでいた表情を改める。

「そういや、メールは確認してくれた？」

「はい、詳しく調べてくださってありがとうございました。あの記事が出たあとに、春日井香木社は倒産しているようですね」

竜先生はゆっくりと頷いた。

「結論から言うと、春日井綺子さんの居場所は判明してへんねん。代わりに、彼女の世話役を任されてたっていう使用人の女性を見つけることはできたんやけど」

「使用人ですか」

「あぁ、当時の言葉で言えば女中ってところやろうね。ご高齢やけど、今でも春日井家の住宅があった近隣に住んではるらしいから、綺子さんのことは直接話してくれるって。電話口では言いにくそうにしてはったし、何かしら事情がありそうやわ」

そう言って、竜先生は名刺サイズの小さなメモを壱弥さんへと手渡した。そこには達筆で「永谷《ながたに》きみ」とある。住所は京都市北区平野《ひらの》――桜の名所である平野神社《ひらのじんじゃ》の近辺だろうか。

滞りのない二人のやり取りを追いながらも、改めて事務所で抱いた疑問を思い出した。

「あの……ずっと疑問に思ってたんですけど、なんで壱弥さんは竜先生に調査を頼んだんですか？」

私の質問に、壱弥さんが答えるよりも先に、竜先生がにこやかに口を開いた。

「調査を頼まれたってわけとちゃうんやけどね、僕の顧客の中に『春日井』っていう苗字の男性がおったことを壱弥が覚えてたらしくてな。それで僕に連絡くれはってん」

要するに、「春日井綺子」という名前を辿って行き着いた先が、竜先生であったということなのだろう。

「ちなみに、春日井さんは高槻先生の事務所におった頃に担当した人なんやけど、事務所を閉める時に高槻先生のところの顧客は僕が全部引き継いだわけやからね。ほんまに壱弥の記憶力の良さには脱帽するよ」

「恐れ入ります」

と、壱弥さんが控えめに告げた。

話によると、法律事務所の顧客リストに載っている春日井さんとは、京都のとある神社の神職者の一人であって、現在は西京区に住んでいるらしい。その男性に話を伺ってはみたものの、残念ながら綺子さんとの関係は認められなかったそうだ。

しかし、珍しい苗字であるゆえに、当時から春日井香木社との関係を問われることも少なくなかったようで、会社についての情報をいくつか得ることができたという。

そこで聞き出したのが、春日井香木社の不祥事が発覚し、やがて倒産に至ったというあの事件だった。

「そういうことで、個人的にも興味があって春日井香木社の事件について調べてみたんやわ。そこで見つけたのがあの新聞記事や」

「でも、古い新聞記事ってどうやって調べるんですか？」

純粋な疑問を投げかけてみると、竜先生は私に目を向ける。

「図書館の新聞記事データベースやで。会社の規模から考えたら、記事になってたとしてもせいぜい地方紙やろうとは思ってな。京都の新聞やと明治時代のものから保管されてるみたいやし、昭和後期の地方紙やと閲覧もできるからね」

「えっ、明治時代まであるんですか」

「さすがに欠号も多いみたいやけどね。あと、僕に情報を共有するってことは依頼者にも許可は取ってあるから安心してな」

そこまで聞いて、ようやく抱いていた疑問が解けたように思った。

つまり、竜先生の顧客の男性と綺子さんが血縁者ではないことを考えると、綺子さんは春日井香木社の娘である可能性が高いということだ。

そこから春日井香木社の変遷を辿り、見つけ出したのが綺子さんの世話役をしていたという女性だったのだろう。

「名前と連絡先だけで申し訳ないけど、調査の落とし所については僕には分からへんし、ここから先のことは壱弥の方が得意やろうからね」

あとは任せるよ、と竜先生は笑った。壱弥さんはもう一度深く頭を下げる。

「ご多忙の中、本当にありがとうございました」

「いやいや、そんな畏まらんでも大丈夫やで。ほら、冷めへんうちにお茶でも飲み」

陽気に笑う彼に促され、私たちはそれぞれに丸い湯呑を手に取った。焙煎の香ばしさを感じる温かいほうじ茶である。湯呑を茶托に戻し顔を上げると、竜先生は腕時計をちらりと覗き込んだ。

急いでいるのだろうかとも思ったが、私の視線に気が付いたのか彼はにこりとほほえみかけてくれる。そして、そのまま優しい視線を壱弥さんへと滑らせた。

「……それで、壱弥は何を悩んでるん？」

にんまりとする竜先生に、私は驚いて壱弥さんの横顔を見た。しかし彼は黙り込んだまま口を開こうとはしない。

「例えば、この調査に対して何かしら思うところがあるんやったら、そのまま漫然と続けるんは賛同しかねるけどね」

真正面から喧嘩を仕掛けるかのごとく投げつけられた彼の言葉に、壱弥さんは深く長い溜息をついた。

「溜息が深いな」

「わざとです」

壱弥さんが眉を寄せると、竜先生は「はは、そうか」と朗らかに笑った。面白がっているのだろう。小さく肩を揺らしながら、ふたたび尋ねる。

「それで？」

「……今さらなんですけど、この依頼を受けたんは間違いやったんちゃうかって思ってるんです」

「また、えらい根幹の悩みやな。なんでそんなことになったん」

そう目を丸くしたあと、竜先生は怪訝に眉を寄せた。ゆらゆらと昇る湯気を見つめながら、壱弥さんは続けていく。

「俺は今まで、依頼者の心を救うことが正しいと信じてきました。自分は絶対に判断を見誤らへんっていう自信もあった。それやのに、依頼者側の気持ちにしか寄り添えてへんことに気付いたんです。過去の過ちについて謝罪させてほしいなんて、それこそ利己主義にもほどがあります。傷つけられた側からしたら、会いたくないって思ってる相手かもしれへんのに……」

いくらかトーンを落とした声で吐露される想いを聞いて、私もまたはっとした。

それは、自らに降りかかった出来事を受けて、壱弥さん自身が感じたことなのかもしれない。自分の心に傷をつけた人——あるいは人生を狂わせた人、そんな記憶から消し去りたいほどの相手と再会してまで、話がしたいと思うのか。そう問われれば誰もが首を横にふるだろう。

きっとその選択は正しい。

心の傷を抉られるくらいなら、二度と会いたくない。そう思うのが当然だと気付いたからこそ、壱弥さんは心を痛めながらも思い悩んでいるのだ。

目を伏せる壱弥さんに、竜先生は明瞭な声で告げる。

「いいか、壱弥。正しいか正しくないかなんて、そもそも探偵が決めることじゃない。探偵が見定めるのは善悪だけ。そう教えたはずやろう。それを判断したうえで依頼を受けたんやから、少なくとも『悪』ではないはずや」

そう言って、竜先生は探偵業法の第九条に記された条文を暗唱した。

しかし、壱弥さんは不満げに眉をひそめる。勇気を出して心の内を明かしたにもかかわらず、事務的に返されてしまったことが不服なのだろう。子供のように不貞腐れた顔をする壱弥さんに、竜先生は慈しみに溢れたまなざしを向ける。

「僕はね、人が受ける印象よりもずっと壱弥が弱いってことを知ってるし、そもそも人間の心なんてそんなに強くないと思ってる。すぐに傷つくし、簡単に壊れてしまうこともあるやろ。だからこそ、心が弱い人ほど優しくすることの大切さを知ってるもんやって、僕は思うねん」

ほほえむ竜先生の顔を、壱弥さんは不思議そうに見つめている。

「それに、壱弥は人間が好きなんやろ？　そうやなかったら、そんなぼろぼろになってまで誰かのために何かを成そうとは思わへんやろうからね」

直後、柔らかい口調から一転して、彼は鋭い視線で壱弥さんを睨み付けた。その目は壱弥さんを串刺しにするようにして捉え、離そうとしない。

「でもな、それで壱弥が潰れるようなことになるんやったら、その前に僕は全力できみをこの舞台から引きずり下ろす。それはきみに探偵業を勧めた僕の責務でもあるんや。分かってるなら、僕の手ぇ煩わせやんとってや」

眼鏡の奥にある双眸と、腹の底から響くような声に、私は無意識に固唾を呑んだ。

こくりと頷く壱弥さんを見た途端、竜先生は直前までの表情を崩し、へらりと笑ってみせる。

「――要するに、壱弥は難しいことばっかり考えすぎってことや。そんなん考えてたらしんどなってしまうやろ。人の心なんかそう簡単に読めへんのが当たり前なんやから、もっと気楽にやったらええねん。それで困ったことがあったらうちに相談しにおいで。そのために僕がいるんやからさ」

鬱屈とした空気を撥ね退けるように告げたあと、彼は応接席を立った。そして無駄のない動きで執務スペースへと向かい、デスクの端に置かれていた化粧箱から何かを掴み上げる。くるりと振り返ると同時に、彼は手にしていたそれを壱弥さんに向かって放り投げた。放物線を描きながらかろうじて壱弥さんの手に収まったそれは、見覚えのある豆大福だった。

「清洛堂《せいらくどう》さんの豆大福や。それでも食べて、明日からも頑張り。はい、ナラちゃんも」

と言って、先生はもうひとつを私の手の上に置いた。


見上げた空には暗い夜が広がっていて、ビルの隙間から漏れる光たちが視界の端できらきらと輝いている。街から零れる賑やかな光に反射して、星の瞬きはほとんどがよく見えない。

深山法律事務所を後にしてから、私たちは夜の散歩を楽しみながらゆっくりと烏丸通《からすまどおり》を北に歩いていた。

「竜先生、相変わらず徳が高いというか、器の大きい人でしたね」

「あぁ。そういうところが匡一朗《きょういちろう》さんとも似てるんやろうな。おまえも、竜先生のところで働いてみるんもええかもしれへんで」

そうなれるのはまだまだ先の話ではあるが、彼の言い分も一理ある。

「言うてた通り、俺に探偵を勧めてくれたのも竜先生やし、今でもたまに仕事で関わることもあるねん」

「そうなんですね」

「俺が事務所を継いだ頃、後ろ盾になってくれたのも先生やからな」

そう言って、彼は目をかすかに細めた。

あの時の竜先生の言葉は、彼を心から案じ、勇気を与えてくれるものであった。それと同時に、何かに縛られることなくのびのびと生きてほしいという想いも伝わってくる。彼にとっての竜先生は、このうえない強い味方なのだろう。

しかし、壱弥さんの顔色はどこか晴れない。その原因はなんとなく分かる。

私は静かに声をかける。

「竜先生はああ言うてましたけど、そんな簡単に割り切れるもんでもないですよね」

「……そうやな。気楽にって言われても、そんな簡単な話ちゃうやろ、って思うわ」

そう、彼はゆっくりと目を伏せた。

とはいえ、言葉の意味をじゅうぶんに理解しているがゆえに迷っているのだろう。調査を継続するのか否か、今すぐに決断できないことくらい私にだって分かる。

それでも私は彼の背中を押したい。

　そう、私は彼が纏うジャケットの袖を引いた。

「壱弥さんさえよかったら、永谷さんの件は私に任せてくれませんか」

　彼は少しばかり驚いた顔で私を見下ろした。

「それって、おまえが一人で調査を続けるってことか」

「はい。今の壱弥さんに踏み出す勇気がないんやったら、私が代わりに進みます」

　壱弥さんは星のような瞳を瞬かせる。私は続けていく。

「……壱弥さんの言う通り、綺子さんが咲子さんに会いたくないと思ってる可能性だってあります。でも、咲子さんは綺子さんに謝りたいだけです。ひどい言葉を浴びせたことを悔いて、償いたいだけなんです。それが自己満足かもしれへんことは分かります。でも、その気持ちに悪意がないんやったら、綺子さんにとっても悪いようにはならへんと思いませんか」

　壱弥さんは私の言葉に耳を傾けたまま何も言わない。

　冷たく乾いた冬の風に、曇った吐息が流れていく。

「それに、このままやったら咲子さんが救われません。せっかく勇気を出して踏み出したのに、過去の過ちにとらわれたまま、後悔し続けることになってしまいます」

　前方の歩行者信号がちかちかと明滅し、私たちは緩やかに立ち止まった。私は壱弥さんの顔をしっかりと見つめる。

「加害者を許せとは言いません。許せへんことくらい、誰にだってあると思います。でも、歩み寄ろうとした気持ちを切り捨ててしまうんは、お互いが不幸なままですし、虚しいと思うんです」

その決断がどう転ぶかなんて誰にも分からない。当然、後悔することだってあり得るだろう。それでも、予測できない未来を案じて頭を悩ませ続けるくらいなら、とりあえず一歩踏み出してみることが肝心な時もある。

「うまく言えへんけど、私は壱弥さんに前に進んでほしいって思ってます」

目の前を過ぎ去る自動車の風に煽られて、壱弥さんの黒髪がさらりと靡《なび》いた。その隙間から覗く瞳はしっかりと私を捉えている。

彼には明るい未来が訪れてほしい。

これが今の私が抱く正直な気持ちなのだ。その結果、彼が祖父の事務所を離れることになったって構わない。

しばらくの間、彼は黙ってこちらを見つめていたが、やがて琥珀色の瞳は夜を仰ぐ。

「……ありがとう。おまえが言いたいことは分かった。その言葉、信じてみるわ」

変わらず、ビルから漏れる光のせいで星の瞬きはほとんど見えなかったが、彼の視線を辿って見上げた北の空には、ひと際明るい星がひとつ、きらりと瞬いていた。

前日までの温暖な気候が幻であると錯覚するくらい、日本列島を包む寒気によって真冬に逆戻りしたような寒い朝だった。幸いにも京都は晴天に恵まれているが、北日本では大雪警報が発表されているという。青森県では積雪が四メートルを超えたらしい。

午後になっても気温は一桁のままで、しっかりとマフラーを首に巻いてから、私は北野《きたの》白梅町《はくばいちょう》に向かうバスへと乗り込んだ。

一人だけで誰かを訪ねる調査はいつぶりになるだろうか。まったくの不安がないと言えば嘘になるのだが、自分から願い出た単独調査でもあって、緊張してばかりではいられない。そう、私はお守り代わりの金魚柄のボールペンを握り締めながら、聞きたいことを記した手帳に視線を落とした。

バスを降りた私は、西大路通《にしおおじどおり》から西側の路地に入り、連なる住宅の間を抜けていく。

目的地は北区にある平野と呼ばれる一帯で、真っ直ぐ北に進めば金閣寺《きんかくじ》が、東に進めば北野天満宮があるという自然や名刹に恵まれた場所である。もっとも近隣には桜の名所・平野神社があり、三月中旬にもなれば早咲きの魁《さきがけ》桜が開花するそうだ。

手帳と地図アプリを交互に見比べながら歩き、ようやく辿り着いた住宅には「永谷」と書かれた表札が出されていた。思いのほか、古い家である。呼び鈴を鳴らしてからしばらくして、玄関扉が開く音とともに一本杖を手にした老婦が姿を見せた。

高齢であるとは聞いていたが、足が悪いのだろうか。ゆったりとした足取りを見た私は、思わず敷地の外から女性に声をかけた。

「すみません。本日お約束しております、高槻と言います」

老婦はその場で立ち止まり、ゆっくりと顔を上げる。そして会釈をするようにこちらに頭を下げた。それを承諾の合図と受け取った私は、小さな門を潜って彼女のそばに歩み寄った。

「永谷きみさんでしょうか」

「えぇ、ようきてくれはりましたね」

柔らかい言葉とともに、彼女はふくよかな顔をくしゃりとさせてほほえんだ。

古い町家であるせいか上がり框にも少し高さがあって、前には小さな踏み台が設置されている。靴をそろえて脱ぎ、きみさんの後ろについて客間に入ったところで、彼女はこちらを振り返った。

「どうぞお寛ぎになってお待ちくださいね。すぐにお茶を淹れてきますから」

お気遣いなくとは告げたものの、断るのも忍びないため、彼女の言葉に甘えて先に席に着いた。

小さな床の間には紅梅と鶴を描いた尺五の掛け軸が飾られていて、その手前に置かれた曽呂利《そろり》の花入れには水仙が活けられている。静謐な雰囲気に緊張しながらも目を移すと、意外にも座卓の上には抹茶味のフィナンシェが置かれていた。

しばらくして、小さな盆を手にしたきみさんが戻ってくる。足が悪いのだと思ってはいたが、杖を使用しているのは段差の多い屋外だけであって、屋内ではさほど問題にはならないらしい。

温かいお茶をいただいてから、私は改めて壱弥さんから預かった名刺を彼女に手渡す。それを見ながら、彼女はゆっくりと口を開いた。

「つまり、高槻さんは探偵さんの代理というわけなんですね」

「はい。こちらの都合で申し訳ありません」

「かまいませんよ。あなたみたいな若い子がうちに来てくれはるんも滅多にないし、むしろ孫と話してるみたいで嬉しいわ」

「お孫さんは遠いところにおられるんですか？」

彼女の表情から感じ取ったことを告げると、きみさんは小さくほほえむ。

「えぇ、息子が仕事で東京におりまして。でも、ついこの間泊まりに来てくれはったんです。その時にいただいたお菓子がすごい美味しくてね。よかったらあなたもどうぞ」

その言葉とともに、彼女は座卓の上の箱から次々とお菓子を取り出して渡してくれる。抹茶味のフィナンシェにキャラメルサンド、ミルクチーズクッキーなど、整った和の客間に似気ない洋風の菓子は、久しぶりに会いに来た息子家族からの手土産ということだ。たくさんあっても食べきれないから、と告げるきみさんに、お茶菓子としてひとつずついただくことにした。

一息をついてから、私は言葉を選びながらも話を切り出していく。

「お話は深山弁護士からも聞いていただいているかもしれませんが、とある方からのご依頼で春日井綺子さんを捜しております」

「えぇ、伺っております。ご依頼主は、咲子さんですね」

想像していたよりもずっと落ち着いた声に、私はゆっくりと首肯した。きみさんは懐古するような表情で語っていく。

「咲子さんとは、ほんまによう遊んではりました。私は綺子お嬢さまのお世話や教育を仰せつかっておりましたもので、咲子さんに会うために、天神さんに向かわれるところに付き添いをさせてもらうこともあったんです。私の目を盗んで、一人で行かはることもあったみたいですけどね」

世話役とはいえ、実際はほとんど親代わりと言っても過言ではないくらい、きみさんは綺子さんの日常の世話を代行し、さらには教育面でも面倒を見ていたという。それも一般教養や学校での学習だけではなく、京都の歴史や、お茶にお花、和歌などの文化的なことについても教えていたそうだ。

「ご両親も多忙の身でしたし、色んな噂話も絶えへんような方たちでしたので、学校ではほとんどご友人がおられへんかったみたいですからね……」

そう、きみさんは少しばかり表情を曇らせた。

噂話が絶えなかったということは、あの新聞記事が出るよりももっと以前から、様々な不正を働いていたとも推測できる。

「中には声をかけてくれはる子もおられたみたいですけど、なにせ、親御さんたちが口をそろえて関わったらあかんって言わはるもんですから。学校ではご友人ができるどころか、のけ者にされてたんやないかと思います。そういった事情もあって、綺子お嬢さまはつらい幼少期を過ごしておられました」

そんな暗い日々の中で出会ったのが咲子さんだった。

自分と同じようにどことなく仄暗い影があり、いつも一人で遊んでいる咲子さんを何度も見かけたことで、次第に綺子さんは彼女に興味を持ったそうだ。

彼女であれば仲良くなれるかもしれない。そんな淡い期待を抱きながら、綺子さんは咲子さんに声をかけたのだろう。

「そやから、咲子さんに出会ってからは毎日が楽しそうで、それはもう水を得た魚のようでした」

それはまるで暗い夜に光が差したかのように、綺子さんは楽しそうに笑いながら毎日を過ごすようになっていたという。

しかし、そんな日々も咲子さんとの別れによってふたたび翳ることになる。

「驚かれるかもしれませんけど、綺子お嬢さまはすでに亡くなっておられます」

「えっ……」

私は思わず声を漏らした。

「もう四十年以上も前になります」

「そんなにも前にですか……？」

「えぇ、中学三年生の今頃――確か、天神さんの飛梅がようやく綻び始めた頃でした。お嬢さまは自ら命を絶たはったんです」

そう言って、きみさんは苦しげな顔をした。

自殺――想像もしていなかった事実に意表を衝かれ、私は返す言葉を失った。

同時に理解する。

恐らく、あの記事に記されていたことが原因なのだろう。両親が経営する会社の不祥事や、父親の不倫騒動、その他にも経営に関わる数多の悪事が暴かれたことによって、春日井家は社会の中での居場所を失ってしまったのだ。彼女の身に降りかかった不幸は想像に難くないものである。

罪を犯した者が法廷で裁かれるのは当然のことではあるが、周囲が、それもさして事情の知らぬ人間が、当事者でもない家族にまで身勝手な制裁を加えるのは異常だ。

それでも人は過剰な正義感を振りかざし、時には誰かを傷つける。そんな度を過ぎた行為が世に蔓延っているのもまた事実なのだ。

社会の暗い部分に触れてしまったようで、ずっしりと心が重くなるように思った。それでも、いつか法曹界に出る自分にとっては、正面から向き合わなければならない問題のひとつでもある。

きみさんは静かな声で続けていく。

「その頃にはもう、私や他の使用人たちもみんな家を離れておりましたので、詳しいことは存じ上げません」

「……綺子さんのご両親はどうなったんでしょうか」

「綺子お嬢さまが亡くならはったあと、滋賀かどこかの田舎に逃れたとも聞きますし、琵琶湖に入ったとも……。実際のところは分かりません。ただあの時、私が家を離れんとお嬢さまに寄り添うことができてたら、こんなことにはならへんかったんやないかって思うこともありました」

後悔にも似た言葉とともに、きみさんはひっそりと胸の内を零した。悔やむ彼女の気持ちは痛いほどに伝わってくる。

もしもつらい時期に咲子さんがそばにいたのなら、彼女は命を絶たずに済んだのだろうか。誰かが寄り添っていれば、彼女の未来が潰えることはなかったのだろうか。

無意識に手を握る私を見てか、きみさんはほほえみながら優しい声をかけてくれる。

「若いお嬢さんに、こんな話聞かせてしもてかんにんね」

「こちらこそ、つらいことを思い出させてしまってすみません。聞かせてくださって、ありがとうございます」

「いいえ。他に気になることがあったら、なんでもお尋ねください。答えられる限りでしたら、お話しいたしますので」

彼女はふたたび柔らかな笑みを浮かべた。

彼女の心遣いに甘え、私は記録を取るために開いていた手帳を改めて確認する。

事前にあれこれと考えてきたのはいいが、綺子さんがすでに亡くなっているとなれば話は別だ。私は大切なことを思い出す。

「それなら、こちらに見覚えはありませんか」

そう言って、私は預かっていた梅の匂い袋を鞄から取り出し、きみさんに差し出した。

美しい着物のような生地で作られたそれは、触れるたびにほんのりと優しい香りが周囲に残る。白い布に浮かぶ梅の文様には、その中心にある蕊に金糸の刺繍が施され、変わらず艶やかな光沢を放っていた。

匂い袋を目にしたきみさんは、皺だらけの手でそれを包み込みながら懐かしむような表情を見せた。

「……存じております。春日井香木社が作ってはったものですから」

やはり、と思った。

だとすれば、この匂い袋を手渡した時に告げた綺子さんの言葉は、咲子さんを傷つけようとしたものではない。

目を伏せながら、きみさんは施された刺繍を指先でそっと撫でる。

「この刺繍……私が教えながらお嬢さまが一生懸命に縫ったものなんです。あの時、刺繍を教えてほしいなんて私に頼んだのも、この匂い袋を咲子さんに差し上げるためやったんですね」

長い歳月を経てもくすむことのない金糸の刺繍には、どんな想いが込められているのだろう。

遠い日の思い出をなぞるように、きみさんは窓の外へと視線を向けた。そこにはからりとして冴えた青空が広がっている。

「お嬢さまはずっと、咲子さんを星のような人だと仰っていました」

凍て晴れの空にはまだ星の瞬きは映らない。それでも彼女は澄んだ青空を懐かしそうに眺めている。

やがて、一呼吸を置いてから彼女は口を開く。

「——天神さんの七不思議はご存じでしょうか」

ふわりとほほえんだその瞬間、庭先の紅梅から小さな鳥が飛び立っていくのが見えた。

○

週末、早めの昼食を事務所近くのこうじ屋カフェで済ませたあと、私たちは咲子さんに会うためにふたたび天神さんに向かった。やはり梅の見頃ということもあって、先週と変わらず境内は観梅に訪れた大勢の人で賑わっているようであった。

鳥居のそばで咲子さんの到着を待ちながら、私は先週末のことを思い出す。

依頼を受けたあの日、咲子さんと別れたあと、私たちは伯母さんが行きたいという京都のお店を転々と巡りながら過ごし、日没を目前にしてようやく帰路に就いた。元より、二人は貴壱さんの自宅に宿泊することになっていたそうで、彼らよりも先に私を北白川の自宅まで送り届けてくれることになり、別れる際に「いっくんと二人で兵庫のほうにも遊びにきてね」と、温かい言葉をいただいた。同時に熱い抱擁を受けて驚いたことを覚えている。

「そういえば、壱弥さんの伯母さんっていっつもあんな感じなんですか？」

尋ねてみると、彼は少しだけ考え込んだ。

「……会うたびに抱きついてくるんは、俺らが子供の頃から変わらずやな。別にそれ自体はええんやけど、人前でも平気でするから困るっていうか」

とはいえ、とりわけて嫌な気持ちになるわけではないのだろう。それは壱弥さんの穏やかな表情からも伝わってくる。

「ってことは、やっぱり貴壱さんにも？」

「そうやな。兄貴は基本的に虚無やけど」

「虚無……」

想像すると面白いが、なんとなく言わんとすることは分かる。照れくさいけれど拒絶もしない、要するにされるがままの状態ということだ。

「まぁ、そのうちまた会うことにもなるやろし、懲りずに仲良うしたって。いうても俺らのほんまの親みたいなもんやからさ」

「はい、いつか兵庫にも遊びに行ってみたいです」

思いのまま口にすると、少しの間を置いてから彼は「気ぃ向いたらな」と笑って誤魔化した。

それから間もなく厚手のコートを着込んだ咲子さんが姿を見せた。約束の時刻が過ぎているためか、息を切らせている。

「お待たせしてしもてすみません。京都駅からのバスがえらい混んでて」

休日の観光地へ向かう市バスの混雑具合といえば想像に難くない。しばらくその場で休息し、咲子さんの息が整ったところで私たちは一の鳥居を潜った。

「このまま、本殿に向かいながらお話しさせていただきます」

壱弥さんが告げると、咲子さんは少しばかり表情を改めた。しかし、彼は何も言わずに私に目配せをする。

自ら調査をしたことはその口で話せということだろう。

私は静かに頷いてから、きみさんから聞いたことをひとつずつ思い返しながら、ゆっくりと丁寧に話した。

綺子さんは、この近隣にあった「春日井香木社」という会社の社長令嬢であったということ。「春日井香木社」は貴重な香木を原料に線香や練り香、匂い袋などを製造しており、咲子さんが手にした梅の匂い袋はその会社で作られたものであるということ。しかし、会社は社長であった綺子さんの父が起こした不祥事によって倒産しているということ。

そして、綺子さんはすでに亡くなっているということ。

それを聞いて、咲子さんは半ば呆然として何度も目を瞬かせた。

「……これらの話は、春日井家の使用人の一人で、当時綺子さんの世話役を任されていたという女性に伺いました。彼女によると、綺子さんが亡くなられたのは四十年以上も前のことやそうです」

「えっと、つまり、綺子ちゃんは十代の時に亡くならはったってこと……？」

「はい、中学生の時やったそうです」

「……なんでそんな若い時に」

胸を痛める彼女に、私はゆっくりと言葉を選びながら、綺子さんが自ら命を絶ってしまったということを話す。

真実を耳にした直後、咲子さんは口元を手で覆った。顔色はみるみるうちに青ざめていく。

「それってもしかして、私のせいで……」

「いえ、そうではありません」

私は即座に否定した。しかし、動揺のあまり私の声が届いていないのか、彼女はうろうろと瞳を泳がせたまま狼狽えている。

しまった、と思った。理由も伝えないまま、先に綺子さんの不幸を話したせいで、必要以上に彼女の動揺を誘ってしまったのかもしれない。

話の接ぎ穂を失っていると、唐突に壱弥さんが私の背中に手を添えた。驚いて顔を上げると、彼は小さく頷いてから私に代わって口を開く。

「――咲子さんに出会う前、綺子さんはとてもつらい幼少期を過ごされていたそうです」

壱弥さんの低い声は濁りなく、するりと耳に入ってくる。

咲子さんは戸惑いながらも彼に目を向けた。

一見して、裕福な家庭に生まれた綺子さんは、とても恵まれた環境で育ったように思われるだろう。しかし、多忙な両親が彼女に対して愛情をそそぐことはなく、むしろ煩わしい存在だと言って邪険に扱われていたという。

対面するたびに圧力をかけるような言葉を浴びせられ、それでもまだ幼い綺子さんは彼らの言葉に従うことしかできず、次第に彼女は両親に甘えることも期待することもしなくなった。

ゆえに、物心のついた頃から使用人によって教育を施され、親の愛情を受けることなく育った綺子さんは、利発ではあったが感情表出の乏しい子供だったそうだ。

「それは、現在であればマルトリートメントとも言えるものです。当時から、彼女のご両親には少なからず良くない噂が立っていたと聞きます。そのため、綺子さんには友人がほとんどおられず、暗い日々をお一人で過ごされていました。それが、あなたに出会ったことで視界が開けたように変化したんです」

それはまるで、光が差し込むかのごとく。

楼門を背に、私たちはゆったりと本殿を目指して進んでいく。

「綺子さんが亡くなられたのは、あなたの言葉が原因ではありません。すべてのきっかけは会社の不祥事が暴かれたことで、それも綺子さんが記者へ送った手紙によるものやったそうです。綺子さんは、自分の親が悪事を重ねていたことに、後ろめたさを感じてはったんやと思います」

それを見過ごすことができなかったために、綺子さんは悪事を暴くことを決意したのだろう。そして書き上げられたのが、あの新聞記事だった。

彼女は両親が正当に裁かれることを願った。

しかし、不祥事が公になったことを発端に、やがて会社は倒産。多くの社員や家に仕えていた使用人たちが路頭に迷うことになる。まもなく情報の出所が綺子さんであると発覚したことで、彼女は周囲から強い批判を浴びせられたのだろう。

そして責任を感じた綺子さんは、自ら命を絶ってしまったのだ。

「そんな、ひどいこと……」

咲子さんは目に涙を滲ませた。

「私がもっと綺子ちゃんと向き合えてたら……」

彼女が抱える心の仄暗さには、薄々ではあるが咲子さんも気が付いていたのだろう。それでも、彼女が何も語らない以上無理に問いただすことも憚られ、気付かないふりをして明るく過ごすことしかできなかったのだ。

「十二歳の春でしょうか。あなたと別れることになって、綺子さんは心から悲しんでいたそうです。だからこそ、彼女はあなたと何かしらの繋がりを持ち続けたかったんやと思います」

二人を繋ぐもの――それがあの匂い袋なのだ。

それは彼女の両親が営む会社で製造されたもので、子供が手にするには少々値の張るものであったのかもしれない。それでも「高そうだからもらえない」と告げる友人に、どうしても受け取ってほしかった綺子さんは、咄嗟に「うちの中ではそれほど高いものではない」と告げた。それは決して咲子さんを蔑むものではなく、ただ純粋に「うちの店の中では高価なものではない。だから安心して受け取ってほしい」という気持ちを込めた言葉だったのだろう。しかし、その言葉は上手く伝わらず咲子さんに誤解を与え、結果的に仲違いをしたまま別れることになってしまったのだ。

三光門の前で私たちは静かに足を止めた。

前方を仰ぐ彼の目は、掲げられた黄金色の扁額を捉えている。門の傍らには零れんばかりの白梅が堂々と咲き誇り、その身を輝かせていた。

ここから先は、私がしっかりと伝えなければならない。

瞳を濡らす咲子さんに、私は預かっていた梅の匂い袋を手渡した。

手に触れたその瞬間、変わらず優しい香りが抜けていく。

「この匂い袋が梅の香りである理由は、お二人が共に過ごしたこの場所が梅の名所でもあるからやと思います。梅の香りは、古くから記憶を呼び起こすものとして詠われてきました。そういった話は、綺子さんの世話役を務めていた女性が、少しでも心が豊かになるようにと何度も繰り返し教えていたそうです」

幼い頃からすぐ近くにあった天神さんについて、菅原道真公について、その他にも飛梅伝説やこの地に残る伝承、天神さんの七不思議、そして梅の花について——。

「綺子さんはきっと、この匂い袋を手に取るたびに、咲子さんに楽しかった日々を思い出してほしかったんやと思います」

壱弥さんは何も言わないまま私を見守るようにこちらを見つめている。

「綺子さんは、あなたのことを『星のような人』や と仰っていたそうです」

「星……ですか」

咲子さんは不思議そうな顔をした。

その意味は天神さんの七不思議のひとつ、この三光門に残る伝説が教えてくれる。

「この三光門の名前にある『三光』とは、太陽、月、星の三つを指すものですが、この門には星の彫刻だけがないことから『星欠けの三光門』と呼ばれるそうです。ですが、正面から門を見上げた時、ちょうど真上に北極星が望めるとも言われています。恐らく、綺子さんの言う星とは北極星のことです。綺子さんはあなたのことを道標のように思ってはったんやないでしょうか」

綺子さんにとって、咲子さんは暗闇のような日々に光を差してくれる温かい存在であって、どんな家庭環境でも笑顔を絶やさないその姿に、彼女は光を感じていたのだろう。

あなたがいればつらくても前に進んでいける。だから、離れてしまってもずっと変わらずに輝いていてほしい。

そんな想いを込めて、彼女は梅の蕊をなぞるように星を象った刺繡を施したのかもしれない。

「ですからどうか、後悔や謝罪の言葉を並べるよりも、綺子さんのことを思い出しながら手を合わせてはいただけませんか」

そうすれば、償いよりもずっと報われるのではないだろうか。

白梅がひとつ零れるとともに、咲子さんの瞳から涙がはらりと落ちて消えた。

悲しげに、それでいてどこか慈しむような顔で、彼女は門の先に広がる空を仰ぐ。その手に、優しく香る梅花と星を抱きながら。

○

花によって彩られた梅苑は、桃色のぼんぼりが灯されたように華やかで、可愛らしい風景が広がっていた。咲子さんと別れたあと、ゆっくりと時間をかけて観梅を楽しんだ私たちは、そのまま事務所へと戻った。

事務所の入り口を解錠しながら、壱弥さんは神妙な面持ちで口を開く。

「実はさ……このあと、あの人に会おうと思ってんねん」

いつもよりもずっと低い声で紡がれた言葉に、私は顔を上げた。伏せられたままの目と躊躇う口調から、彼の言う「あの人」がかつての先輩医師・町田先生を指しているということはすぐに分かった。

格子戸を開き、上着を脱ぐ彼の背中に声をかける。

「会っても、大丈夫そうですか……？」

「……あぁ、たぶん大丈夫やとは思う。無理にとは言わへんけど、嫌やなかったら一緒に来てほしい」

そう言って、彼は琥珀色の瞳を私に向けた。やはり、一人だけで会いに行くのは不安なのだろう。どこか困ったように眉を寄せながらも、口元にはぎこちない笑みが見える。

そんな顔で見られてしまったら、首をふることなんてできるはずがない。

静かに頷くと、強張っていた彼の表情に柔らかな色が灯った。


午後四時前、京都市役所前駅で地下鉄電車を降りたあと、私たちは地下通路から続くホテルの入り口へと向かった。そのまま、上階に進むエスカレーターを上がっていく。

待ち合わせ場所はホテルのラウンジにある静穏なカフェで、先方が指定をしてきたらしい。どちらの自宅からもさほど遠くはない場所で、観光客も少なく、人目を気にせずにゆっくりと話ができるからだろう。

一階フロアに到着したところで、カフェの入り口のそばで佇む男性の姿が目に留まる。すっきりとした黒いニット姿の若い男性で、センターパートの前髪と、毛先にいくにつれてうっすらと茶色がかった髪色が、柔らかい肌色にもよく似合っていた。

歩み寄る壱弥さんに気が付いたのか、男性は静かに右手を上げる。

「町田先生、お久しぶりです」

「あぁ、ほんまに久しぶり。急に連絡してごめんな。応じてくれてありがとう」

会釈をする壱弥さんを前に、町田先生はふわりとほほえんだ。

その物腰を見る限り、話に聞いていた攻撃的な性格とはずいぶんと印象は異なっていて、温和で柔らかい雰囲気を纏っているようにも思う。少しだけ安堵した私は、当初の予定通りラウンジで二人の話が終わるのを待つことにした。

しかし、場を離れようとする私に向かって町田先生が声をかけてくる。

「よかったら、きみも一緒にどうかな。ここのカフェ、フレンチトーストが美味しいって有名みたいやし、ごちそうするよ」

その言葉を耳にして、私はそっと壱弥さんに視線を送った。

正直なところ、町田先生と話をすることで壱弥さんが心を痛めることにはならないだろうか、と案じていた部分もあって、同席できるのであればそれ以上にありがたいことはない。ただ、壱弥さんが私に話を聞かれたくないと思っている可能性だってあり得る。だとすれば身勝手なことはできないと、私は彼に判断を仰いだ。

壱弥さんは表情を崩さないまま淡々と答える。

「隠すようなこともないし、俺は構わんけど」

「そしたら決まりやね」

彼の厚意に甘え、私は二人の後についてカフェへと入った。

いつも大勢の人で溢れる騒々しい観光地とは異なって、高級ホテルのラウンジカフェはほどよいくらいの賑わいだった。それだけで、流れる時間もゆったりとしているように思う。空いていた近くの席に着くと、町田先生は私に目を向けた。

「そういえばきみ、高槻匡一朗先生のお孫さんなんやってね」

改めて挨拶を交わしてから、私は彼に尋ねかける。

「祖父とは、どういったご関係やったんですか？」

「うーん、そうやな……何度か話したことあるってくらいやし、昔に少しお世話になったってところかな」

それはきっと、槻木先生から聞いた話とも共通しているのだろう。あの事故のあと、壱弥さんの心を守るために祖父が間に入って和解に努めていたというものである。

「でも、誠実で優しい雰囲気の人やなって思ったことは覚えてるよ。僕にも色々と配慮してくれはってな」

そう、わざとらしく明るい声で告げたあと、彼は話を逸らすようにメニューを開いた。

そしてフレンチトーストを眺めながら私に告げる。

「飲み物はコーヒーか紅茶、どっちが好み？」

「えっと、紅茶でお願いします」

「春瀬先生はコーヒーやんな。フレンチトーストは食べる？」

壱弥さんは首を横にふった。

「いえ、飲み物だけで結構です」

「そっか、分かった」

返答を聞いて、町田先生は少しだけ残念そうに笑う。

「……やっぱり、せっかくなんでごちそうになります」

しょんぼりとして肩を落とす彼の感情を読み取ってか、壱弥さんは速やかに訂正した。

すると、町田先生は「よかった」と嬉しそうにほほえみながら、フレンチトーストのセットを人数分注文した。

その様子を見ていると、動く感情がとても分かりやすくて、なんとなく憎めない人であるようにも感じる。

フレンチトーストは提供まで少し時間がかかるようで、先にセットの飲み物だけがテーブルに届いた。町田先生はコーヒーにミルクを少しだけ入れて、スプーンでふわりとかき混ぜてからゆっくりとカップを口に運ぶ。そして小さく息を吐いたあと、彼はひっそりと口を開いた。

「春瀬先生。改めてやけど、時間取ってくれてありがとう。僕なんかに呼び出されて、びっくりしたやろ」

「はい。今さら何の話するんや……とは思いました」

「はは、正直やな」

町田先生は苦笑した。

「ずっと話したいとは思ってたんやで。でもきみの具合が分からへんうちは身勝手な振舞いもできひんやろ。でも先日、ようやく椹木先生からきみの近況を聞いて、会うなら今やと思ってん」

もう五年も経ってしまってはいるが、と彼は自虐的に告げる。

彼の目は真っ直ぐに壱弥さんを捉えてはいるものの、発する声にはどこか張りがない。壱弥さんは大丈夫だろうか、と視線を流してはみたが、思っていたよりもずっと落ち着いて話を聞いているようであった。

躊躇いを隠したまま町田先生は告げる。

「……ひどい怪我をさせてしもて、ほんまに申し訳なかったと思ってる。何を言うても、今さら取り消せるもんじゃないことくらい理解はしてるけど、どうしても改めて謝罪させてほしくて……」

「謝罪なら結構です。もう、じゅうぶん聞かせてもらってますから」

ひんやりとした声で壱弥さんは言った。凪いだ瞳で町田先生を見つめている。その冷たい目を前にして、町田先生が狼狽えているのが分かった。

「そう……やんな……謝ってもなんも変わらへんのは分かってる。でも、謝罪する以外にどうしたらええんか、僕には分からへんねん……」

今にも泣き出しそうな苦しげな言葉とともに、町田先生の視線がカップに落ちた。

テーブルの隅に添えられた指先が、かすかに震えているのが見える。

「今でも……ふとした時にきみのことが頭に浮かんできて、誰かに足を掴まれてるみたいに急に身体が動かへんくなる。なんであの時、きみを傷つけるようなことしてしもたんやろうって、そんな後悔に支配されてしまうねん」

そう言って、彼は拳を強く握った。

そこまで聞いて、私はようやく気が付いた。

彼もまた壱弥さんと同じ、消えない過去にとらわれて、苦しみ続けているのだ。だからこそ彼は翌年から臨床を離れ、大学院に進んだのだろう。そして罪の意識から逃れるように研究に精力を注いだことで、あの場で起こった出来事をすべて忘れようとした。

しかし、いくら意識の奥に押し込めようとしたところで、罪悪感が消えてくれるはずがない。一時的に苦悩が和らぐことはあったとしても、臨床の場に戻ればすぐに思い出す。

二人の人生が変わることになったあの瞬間を。

「……ほんまは罵声を浴びせられるんも覚悟してきたんやけど、春瀬先生はそんなことするような人とちゃうもんな。僕なんかよりもずっと大人や。僕じゃなくて、春瀬先生が医者を続けられてたらどれだけよかったか……」

彼の弱々しい声を耳にしても、壱弥さんは何も言わない。彼が味わった苦しみを考えれば、優しい言葉をかける義理がなくても当然だとも思う。

しかし、しばらくの沈黙を越えてから、壱弥さんは静かに口を開く。

「先輩は、まだ覚悟ができてへんのやと思います」

その言葉に、町田先生は顔を上げた。

「……覚悟ならちゃんとしてる。椹木先生について臨床に戻ったんやから、いずれは血管内治療の専門医資格も取りたいと思ってるし、やるからには絶対に手を抜くつもりはない」

直前までの苦しげな表情が一変し、今度は鋭い目で壱弥さんを睨みつける。ただそれもほんの一瞬の出来事で、すぐに彼は手で顔を覆い隠すようにして頭を抱えた。

「それやのに、これ以上何をすればええって言うんや」

その姿を見て、私は壱弥さんの言葉を思い出した。

人一倍向上心が強く、貪欲で、真っ直ぐな人――その人柄が、彼の言葉や態度からもまざまざと伝わってくる。きっと、強い志があるからこそ、彼は自分が犯したことに責任を感じ、ここまで苦しんでいるのだ。

それは、彼の純粋さをも表しているように思う。

心を落ち着かせるように、壱弥さんは温かいブラックコーヒーを飲んだ。

「僕がこうなったこと、先輩は自分のせいやと思ってはるんですか」

「……思ってるさ。僕があんな態度さえ取ってへんかったら……きみに手出したりなんかしいひんかったら……今頃きみは僕なんかよりもずっと優秀な外科医になってたやろうからね」

彼の言葉を聞いたその瞬間、壱弥さんはふっと口元を緩めて笑った。

「それならもう、許されてもいいと思います」

静寂の中に響く声に、町田先生は驚いた様子で面を上げた。うろうろと瞳を泳がせる町田先生に向かって、優しく諭すような声で壱弥さんは続けていく。

「元から、あの事故は先輩のせいやとは思ってません。過去にも何回か伝えてるとは思いますけど、自分の誤断が招いた結果です」

「それは違う。僕がきみに――」

「もう、これ以上自分の首を絞めるんはやめませんか」

言葉を遮るようにして、壱弥さんが強い口調で言った。

「仮に、周囲が先輩のせいやって言ったとしても、今ここで僕があなたを許します。それでこの話は終わりにしてください。僕も、先輩のことを苦しめたいと思ってるわけではありませんし、責任を取ってほしいとも思ってません」

「でも、それやとなんも変わらへんやんか……」

「ですから代わりに、昔のことは忘れて臨床医を続ける覚悟を持ってください。それだけでじゅうぶんです。先輩みたいに、貪欲に上を目指せる人はそう多くはいませんから」

壱弥さんを見つめる彼の瞳から、はらりと雫が落ちた。それを、骨ばった手で少し乱暴に拭い取る。

「……覚悟って、そういうことか」

「どれだけ過去を嘆いたところで、この怪我はなかったことにはなりません。それなら、現状を受け入れて進んでいくしかないんです。それは先輩も同じやと思います」

「……そう……やな。ほんまに申し訳ない」

ささめく彼の後悔は、店内に響く優しい音楽に混じるように消えていく。

彼が抱く罪の意識はそう簡単に払拭できるものではないのだろう。それでも、医師を辞めざるを得なかった壱弥さんの夢を、想いを、大切に受け止めることで、医師を続けることが償いになる。そうやってあえて自分の願いを託すことで、許されることに罪悪感を抱かなくても済むようにと計らったのだ。

責任感の強い町田先生であれば、きっと自分の言葉を思い出して前に進んでくれる。そう考えたのだろう。

あの時こうしていたら――と過去を悔やむよりも、未来をよりよくするために前を見てほしい。それはかつて彼が心を寄せていた女性の言葉でもあって、その想いは今でも確かに彼に受け継がれているのだろう。

「……ありがとう。もう絶対に逃げへんって約束する」

町田先生は瞳を潤ませたまま、沈んだ空気を吹き飛ばすように笑った。

それから、ようやく届いたフレンチトーストを食べながら、二人はお互いの近況報告とともにしばらくの談笑を楽しんでいた。ここに来る前に抱いていた恐怖心も、嫌悪感も、壱弥さんの表情からはもう少しも感じられない。二人の間には昔日を懐かしむ緩やかな空気だけが残っている。

ナイフを通したフレンチトーストは、中心までとろりとしていて柔らかく、口の中で溶けていくようだった。

二杯目のコーヒーを味わいながら、ふと思いついた様子で壱弥さんは告げる。

「そういえば、ひとつだけ先輩に頼みたいことがあるんですけど、聞いてくれはりますか」

「え、なに。改まって言われると怖いんやけど……」

フォークを置いてから、町田先生は身構えた。

眉間に皺を寄せる彼を見て、壱弥さんはかすかに目を細めた。

「嫌ならいいですけど」

少しばかり意地の悪い返答に、町田先生は狼狽える。端から見ていると、先生の弱みを握った壱弥さんが脅迫をしているようにも思えてならない。

しばらくの間熟慮したあと、覚悟を決めたのか彼は妥協する形で頷いた。

「いや、きみの頼みやったら仕方ない」

壱弥さんはにやりとした。

「……それで、頼みっていうのは」

「たいしたことやないんですけど、美味しいバイトがあったら紹介してもらえませんか」

「え、バイト?」

予想外の依頼だったのか、町田先生はきょとんとして目を瞬かせた。疑問の色を浮かべたまま首をかしげる彼に、壱弥さんは事情を説明していく。

「月に数回だけなんですけど、今でもたまに内科診療の仕事をしてるんです。探偵業も世知辛いところはあるし、多少の余裕があった方が生活に困りませんからね」

「なるほど」

「当直とか、処置が必要になるような高度なことは難しいですけど、利き手が使えへんくても大丈夫なら研究関係でもいいですよ。先輩も大学病院に勤めてるんやったら、バイトくらいしてはりますよね」

大学の収入は渋めっていいますし、と壱弥さんは告げた。

呆気にとられた様子で、町田先生は壱弥さんの顔を見つめる。

「やっぱり、春瀬先生は賢いんやな」

「それなりに苦労して取った資格は利用せな損ですからね」

「……賢いというか、ちゃっかりしてるな」

「それより、先輩も少しは自分のことを甘やかせるようになったらどうですか。俺みたいに」

溜息のごとく息を吐き出しながら告げられた台詞に、私は小さく吹きだした。

「壱弥さんは普段から怠けすぎですけどね」

「ええやん、私生活くらいは怠惰なほうが」

切り分けたフレンチトーストを口に運びながら、壱弥さんはへらりとする。同時に、バターの染み込んだ部分があまりにも美味しかったのか、彼は目を丸くして手元の皿を見下ろした。

その表情を見て、町田先生もまた小さく吹きだした。堪えるように、肩を揺らして笑っている。

「今の春瀬先生って、そんな感じやねんな」

「そうですね。生真面目に生きててもつまらんって思ってますから。あと、俺のこと『先生』って呼ぶのもやめてください」

「あぁ、ごめん」

反射的に彼は謝罪した。心根は本当に素直な人なのだろう。

「でも、思ってたよりも人間らしくて安心したよ。仕事してる時のきみはやることもすべて正確で、淡々としてて、僕みたいに嫉妬したり闘争心を燃やしたり、感情を表に出す感じでもなかったやろ。人当たりはいいけど、ほんまの顔が分からへんくらい人間味ない人やと思ってたから」

「そうですか」

「うん。そう思ったら、色んな表情が見られる今が新鮮やわ」

どことなく懐かしむような顔を見せてから、町田先生は今一度襟を正した。

「……無理は承知やけど、もう一度、医局に戻ってきてくれへんかな」

その言葉に、私は少しばかりどきりとした。

彼が前に進むためであれば、どんな選択でも受け入れる。一度は覚悟を決めたはずなのに、彼がどこか遠くに行ってしまう未来を想像すると、どうしても心がざわついてしまう。

縋るように、町田先生は続けていく。

「怪我のせいで左手が使いにくいのは分かってる。でも今は、開頭だけが手術じゃないやろ。血管内治療やったら、カテーテルの操作はほとんど右手でするし、穿刺だけ他の先生に任せたら春瀬くんにだってできると思うねん。左手も軽いものなら持てるんやろ。もちろん、制限に対するフォローは僕がする。そやから――」

「そこまで考えてくださって、ありがとうございます」

「ほな……」

「戻るつもりはありません」

はっきりとした返答に、私は思わず彼の横顔を見上げた。その目には明るい光が宿っているようにも見える。

「俺は今の環境に満足してます。医者を辞めることになったたんは不本意でしたけど、今はむしろ探偵になれてよかったとさえ思ってるんです」

ふっとほほえみながら、彼は私に視線を流す。

いつもと変わらない、優しくて、温かくて、隣にいるだけで不安を打ち消してくれるような、そんなまなざしだった。

「ですから、少なくともこいつが一人前の弁護士になって事務所を継いでくれるまでは、探偵を辞めてまで復帰するつもりはない。そう、匡一朗さんとも約束したんで」

彼の強かな言葉を耳にして、私は零れそうになる涙を堪えた。

そして私はようやく理解する。

亡き祖父の想いは、今も彼の胸の中で確かに生き続けている。彼が町田先生に願いを託したように、祖父の願いもまた壱弥さんがその手で受け取り、失くしてしまわないように大切に抱えているのだ。そしてそれはいつかまた別の誰かへと受け継がれ、人を想う温かい心とともに巡っていく。

「……そうか。彼女はきみの道標でもあるんやな」

壱弥さんは目を大きく見張ったあと、柔らかに破顔した。

今まで目にしたことのないくらい爽やかで明るい笑顔だった。

「無理言うてごめんな。ありがとう。きみと話せてよかったよ」

「はい、俺も同じ気持ちです。大変なことばっかりやとは思いますけど、お身体に気をつけて頑張ってください。ちゃんと応援してますから」

「あぁ、春瀬くんも」

どこかすっきりとした顔で二人は別れの言葉を交わし合った。そして今度は私に目を向ける。

「――彼のこと頼むよ。未来の弁護士さん」

そう静かに呟いてから、町田先生はふわりと席を立った。

○

まばらに雲が浮かぶ空は凛として澄んでいるものの、日が傾き始めたことによって、西側からゆっくりと橙色に染まっていた。夜が近づくにつれて気温も緩やかに下降し、辺りは冷たい空気を纏っている。

三条駅で町田先生と別れてから、私たちはそのまま駅を後にして、電車には乗らず何気なく三条通を歩いていた。

時折空を見上げては白い息を吐く彼の姿に、私は少し離れた場所からその背中を追いかけていく。気丈に振る舞ってはいたが、思っているよりも心は疲弊しているはずで、下手な言葉をかけるくらいなら静かに見守る方がいいだろうと思った。

普段であれば人の多い観光地も、日没を目前にした今は人気が少なく、すれ違うような人もいない。

白川橋に差し掛かったところで、ようやく壱弥さんは口を開いた。

「……ナラ、付き添ってくれてありがとう」

私は首をふった。

「こちらこそありがとうございました。お祖父ちゃんのことも、事務所のことも、覚えてくださって嬉しかったです。そやから、お礼を言うのは私のほうですよ」

そう素直な気持ちを伝えた直後、彼の口元が解けるのが分かった。

私の気持ちは彼に届いてるだろうか。

乾いた空気に白川のせせらぎが冷たく響く。川のほとりにある枝垂れ柳には、いつの間にか枝先に若い緑が芽吹いていた。それはもうすぐ春が訪れるという小さな便りのようでもあった。

前を見つめたまま、壱弥さんはゆっくりと口を開く。

「そういえばさ、この前の帰り……伯父母が来てた日の話なんやけど、ナラと別れたあと伯母にはっきりと言われてん」

唐突に語られる伯母の話に、私は頷きながらもそっと耳を傾ける。

次に聞こえたのは、芙美さんが壱弥さんに告げたという温かい言葉だった。

——あなたのことは大切な息子やと思ってるし、私たちに後ろめたさなんて感じひんくてもいい。何があっても家族やねんから、私たちのことは気にせず、自信持って歩いたらええんやからね。真っ直ぐじゃなくてもいいの。遠まわりすることになっても、あなたを支えてくれる人はたくさんいる。それに、あなたの心の温かさにはみんなが救われてるんやから。

そう、あの日の記憶をなぞりながら、静む声とともに彼は視線を足元に落とした。

「……たぶん、俺が実家に帰りたがらへんかった理由も、伯母はちゃんと分かってくれてたんやと思う。関係が悪いとかではないけど、ほんまの親じゃないからって俺が勝手に遠慮してしまってたんやろうな」

ぽつりと胸の内を明かすように、彼は続けていく。

「それに、兄弟そろって大学まで行かせてもらったのに、しょうもないことで怪我して、医者を辞めることになって、積み重ねてきたこと全部無駄にしてしもたやろ……。期待されてるのを分かってたからこそ、それが後ろめたくて、二人に合わせる顔もなくて、ずっと逃げ続けてきたんやと思う」

それは、彼から昔の話を聞いた時に漠然と感じていたことであった。

伯父母はともにクリニックを経営する医師であり、兄は一足先に優秀な内科医として勤めている。そんな環境に置かれれば、過度な期待をかけられてしまうのは必然とも言えることであった。それでも彼はその期待に応えようと人一倍の努力を重ね、当然のように結果を残し、これから外科医として躍進していくはずだった。

それなのに、その輝かしい時間はたったひとつの出来事で呆気なく崩れ去ってしまったのだ。

壱弥さんは左手を握った。

風に流れた前髪が彼の表情を隠す。

「俺がまだ現実を受け止めきれてへんって分かってたから、二人とも俺の気持ちを優先して、あえて干渉せんと遠くから見守ってくれてたんやなって……今になってやっと理解できた気がするねん」

僅かに、彼の呼吸が乱れているようにも思った。

私は溢れそうになる涙を堪えながら、拳を握ったままの彼の左手をそっと掴む。氷のように冷たくて、ひんやりとした指先が私の体温をからめとっていくように思った。しかし、優しく握り返された手が解けることはない。そのまま、彼はゆっくりと深呼吸をしてから、足を踏み出していく。

「……伯母の言う通り、今までいろんな人に支えられながら生きてきたんやし、今度は俺が周りに返していく番やろ。それやのに、あの人にだけ優しくなれへんのは違うって思った」

少しだけ潤みを帯びた瞳は、前方に広がる東山の景色を望んでいる。やがて神宮道へと折れたところで壱弥さんは足を止め、ふわりと空を仰いだ。

かすかに震える声が、薄明の空からゆっくりと降り注ぐ。

「もちろん悔しいって思う瞬間はあるし、思い出すだけでしんどくなることもある。でも、先輩と直接話してやっと分かった。事故のせいで苦しんでるんは俺だけじゃない。……そやからもう恨み続けるんはやめようって思えた」

その声に迷いの色はなかった。

「頑張りましたね」

「……あぁ、全部ナラが励ましてくれたおかげや。ありがとう。これでようやく、ひとつ未練を手放せたような気もするわ」

そう言って、壱弥さんは口元を和らげた。

未練――それはきっと、医師として勤めた過去への未練なのだろう。

どんなにつらい過去であってもそれは、彼にとっては大切な記憶のひとつでもあって、本当なら心の内に残しておきたい栄光でもあったはずだ。しかし、それが未練として留まり桎梏《しっこく》となり得るのであれば、手放すこともまたひとつの選択とも言える。

そうやって私たちは小さな選択を繰り返し、抱えきれなくなった大切なものをひとつずつ手放しながら前に進んでいく。

幼い頃の記憶や思い出、大切にしていたおもちゃ、好きだったもの、好きだった人、それから、叶えることができなかった夢――他にも、過去に残してきたものはたくさんあるだろう。

それでも、どうしても諦められないことだってある。たとえ未練たらしいと思われてしまったとしても。

私は握り締めていた彼の手をそっと解いた。

「ひとつ聞いてもいいですか」

「あぁ、ええよ」

一呼吸を置いてから、私は口を開く。

「……壱弥さんは、絶対に手放したくないって思うものはありますか？」

その言葉に、壱弥さんは不思議そうに私を見下ろした。そして口元に手を添えたまま、じっくりと考える。

「絶対に手放したくないものか……。まぁ、あるといえばあるけど、まだちゃんと手にはできてへんかな。一度手にしてしもたら、失くした時がつらいやろうから」

その意味は、いつか彼が話していた「過去に色んなものを失くしてきた」という言葉からも想像はできる。彼が心から大切に想うものとはいったい何なのだろうか。

私は押し潰されそうになる胸をおさえながら、苦し紛れに問いかける。

「それって、お祖父ちゃんの事務所よりも大切なものですか……？」

その瞬間、彼は少しばかり驚いた様子で私を見た。しかし、そんな私の子供じみた質問にも、壱弥さんは呆れることなくひとつずつ丁寧に答えてくれる。

「俺の一番大事なもんは、事務所を失ったら絶対に手に入らへんもんやとは思ってる。そやから、おまえが不安になることなんてない。俺がそれを一番大事に思ってる限り、事務所を手放すことはないから」

　彼の温かさに触れて、私は涙ぐんで唇を噛みしめた。私の顔を見た壱弥さんは、苦笑を零しながらも、次には左手で私の頭をくしゃくしゃと撫でる。

「おまえ、なんて顔しててんねん」

「すみません……私、ほんまに意地の悪いこと聞きました……」

「自覚してるんやったらええこっちゃ。別に気にしてへんから、ええよ」

　そう言って、壱弥さんはくしゃくしゃになった私の髪を撫でつけてから、今度は頬を濡らす涙を右手の親指でそっと拭った。それでも溢れてくる涙に、シャツの袖を優しく押し当ててくれる。その瞬間、彼が纏う花のような清潔な香りがふわりと飛んだ。

　壱弥さんはもう一度私を見下ろす。

「……おまえはどうなん。手放したくないもん」

「えっ」

　先の質問を返されて、私は戸惑った。

　私が手放したくないもの——それは、いままさに私の目の前にいる大好きな人だ。

　少しぶっきらぼうで、ぐうたらで、意地悪で、ハンカチを持つことも忘れてしまうような人だけど、いつからかそんな不完全なところでさえ愛しく思うようになってしまったのだ。彼は私よりもずっと年上で、本当に必要な時は優しく寄り添ってくれるような大人の男性で、まだ学生の自分には手の届かない存在であることは分かっている。

それでも私が気持ちを伝えた時、彼ははぐらかすようなこともせず、真剣に向き合ってくれた。

私が抱いた些細な不安でさえ、蔑ろにすることなんてしない。彼のそんなところが大好きで、愛しくて、顔を合わせるたびに思い募っていく。

だから、彼に向けた恋心が叶わないものなのであれば、本当に失いたくないと思えるものはひとつだけ。

「私が手放したくないものは、今ある、この穏やかな時間やと思います」

私の返答を聞いて、壱弥さんはかすかにほほえんだ。

この小さな胸の痛みとは違って、彼の左腕に残る傷痕は一生消えることはない。

しかし、傷ついた心であれば、誰かの手によって少しずつ癒すことができるのかもしれない。

つらいこととも向き合って、手放して、ようやく本当の意味で前を向き、ゆっくりと進み始めようとしているのだ。すべてを綺麗に忘れることは簡単ではない。けれど、つらい過去を思い出した時、その苦しみに寄り添うことならできる。

だからこそ、今は彼を悩ませるようなことはやめようと思う。

いつか彼が振り向いてくれる日まで、この穏やかな時間を失いたくはないから。

「……それは俺もや。おまえにも、ちゃんと返していくから」

「はい、楽しみにしてます」

濡れた目を細めて笑うと、壱弥さんは照れ臭そうにほほえみながらふたたび神宮道を歩き出す。

迷ったっていい。遠まわりをしたって大丈夫。私たちには絶対に消えない道標がある。

前に進む壱弥さんを追いかけながらも、夜に響く風の音に、私はそっと後ろを振り返った。

見つめた先には、足元から光に照らされた赤い大鳥居が立っている。

それは私たちを見守るように、そして導くように、ずっと変わらずそこにある、たったひとつの心星《しんぼし》なのだ。

あとがき

このたびは本書をお手に取っていただき、誠にありがとうございます。泉坂光輝《いずみさかみつき》です。ようやく本シリーズも四作目となりました。ここまで続けることができたのも、ひとえに応援してくださる皆様のお陰だと実感しております。

一巻を振り返ってみると、壱弥とナラの会話が今よりもずっと緩いもので、壱弥がちょっと意地悪だったり、ナラも子供っぽく反論していたり、まだ「好き」を意識していない二人のやり取りが散見されます。そういった些細な雰囲気の違いも、様々な依頼を通して人の心の深いところに触れたことによるもので、お互いが大切なものを意識するようになり、今の特別な関係があるのだと感じています。お時間がございましたら、過去作に戻ってそんな小さな違いを楽しんでいただけると嬉しく思います。

そして今回、四作目にしてようやく主要人物同士の関係が大きく動く一冊となっております。同時に、主要人物たちと関わる新しいキャラクターも複数人登場いたしました。彼らを新たに迎えたことで、物語はもっと面白い展開を迎えていくはずです。呉服屋の彼もまだまだ活躍します。今はまだ変わらないことばかりですが、勇気を出したナラの行動がどのような形で決着するのか、最後まで温かく見守っていただけますと幸いです。

サブタイトルの「冬夜《とうや》に冴《さ》ゆる心星《しんぼし》」は、冬の寒空に一際輝く北極星、つまりはそれぞれの道標を表しています。三章目で描いた梅の香りと瞬く星、大切な人、そして二人にとっての神宮道、すなわち探偵事務所。それらを含めて北極星の別名である「心星」としました。迷いながらでも、遠まわりしながらでも、それでも前を見据えながら一歩だけでも進んでほしい。そんな想いをも込めております。また、装画は「北野天満宮」です。梅花が見頃を迎える二月から三月にかけて、北野天満宮では梅苑が特別公開されています。ご興味のある方は是非訪ねてみてください。

寒い冬を越えて、物語はまもなく草花が芽吹く暖かい春を迎えることになります。次巻は桜満開の京都です。またエフェメラルの世界で皆様にお会いできることを楽しみにしております。

最後になりましたが、出版するにあたってご尽力を賜りました関係者の皆様、いつも励ましてくださる担当編集者様、本書を手に取ってくださった皆様、そして作品を応援してくださる皆様。すべてのご縁に心から感謝を申し上げます。

二〇二五年　冬夜、星の瞬く京都《みやこ》にて　泉坂光輝

ことのは文庫

神宮道西《じんぐうみちにし》入《い》ル
謎《なぞ》解《と》き京都《みやこ》のエフェメラル
冬夜《とうや》に冴《さ》ゆる心星《しんぼし》

2025年3月28日　初版発行

著者　泉坂光輝《いずみさかみつき》
発行人　子安喜美子
編集　佐藤　理
印刷所　株式会社広済堂ネクスト
発行　株式会社マイクロマガジン社
URL：https://micromagazine.co.jp/
〒104-0041
東京都中央区新富1-3-7 ヨドコウビル
TEL.03-3206-1641 FAX.03-3551-1208（営業部）
TEL.03-3551-9563 FAX.03-3551-9565（編集部）

本書は、書き下ろしです。
定価はカバーに印刷されています。

ISBN978-4-86716-729-8　C0193
乱丁、落丁本はお取り替えいたします。